ERLAND

Alexander Wolkow

DAS GEHEIMNIS DES VERLASSENEN SCHLOSSES

Märchenerzählung

*Illustrationen
von
L. Wladimirski*

Leiv

Aus dem Russischen von Thea-Marianne Bobrowski
Illustriert von Leonid Wladimirski
Originaltitel: Тайна заброшенного замка

LeiV

Buchhandels- und Verlagsanstalt GmbH
Lizenzausgabe für Deutschland, Österreich, Schweiz
4. Auflage 1995
Printed in Germany
Offizin Andersen Nexö Leipzig GmbH
Graphischer Großbetrieb
ISBN 3-928885-02-2

EINFÜHRUNG

DIE AUSSERIRDISCHEN

Das Zauberland und seine Metropole, die Smaragdenstadt, bevölkerten Stämme von kleinen Menschen – Käuer, Zwinkerer und Schwätzer –, die ein sehr gutes Gedächtnis für alles hatten, worüber sie sich wunderten.

Verwunderlich war für sie das Erscheinen des kleinen Mädchens Elli, deren Häuschen die böse Hexe Gingema wie eine leere Eierschale zerdrückt hatte. Nicht von ungefähr nannten sie Elli deshalb die Fee des Tötenden Häuschens.

Nicht geringer war die Verwunderung der Bewohner des Zauberlandes, als sie Ellis Schwester Ann kennenlernten. Auch sie erschien ihnen als Märchenfee. Sie kam auf einem etwas ungewöhnlichen Maulesel geritten, der sich vom Sonnenlicht ernährte, und trug einen Silberreif im Haar, der jeden, der ihn aufsetzte, wenn er zudem den Rubinstein berührte, unsichtbar machte.

Noch viele, viele wundersame Ereignisse, über die die

Bewohner erzählen könnten, begaben sich im Zauberland. Nur von einem Wunder wußten sie kaum etwas, wie nämlich ihr Land zum Zauberland geworden war. Es war ja nicht immer von der übrigen Welt durch die Große Wüste abgeschnitten und von den uneinnehmbaren Weltumspannenden Bergen umgeben. Nicht immer hatte über diesem Land die ewige Sonne geleuchtet, nicht immer hatten Vögel und Tiere hier mit Menschenstimmen gesprochen.

Zum Zauberland hatte es der große Zauberer Hurrikap gemacht.

Hurrikap war zu jenen Zeiten schon alt und gedachte, in den Ruhestand zu treten, weil er sich nach Stille und Einsamkeit sehnte. Deshalb errichtete der mächtige Zauberer ein Schloß weit entfernt vom Zauberland, am Fuße der Berge, und verbot den Bewohnern aufs strengste, sich seiner Wohnstatt zu nähern. Er verwehrte es ihnen sogar, sich seines Namens zu erinnern.

Die Bewohner erstaunte das zwar, doch sie glaubten, daß Hurrikap in der Tat keine Menschenseele brauche. So vergingen Jahrhunderte und Jahrtausende. Die stillen kleinen Leute, die die Anordnung des Zauberers befolgten, bemühten sich, ihn zu vergessen, und keiner bekam ihn jemals zu Gesicht. So geschah es, daß auch Hurrikaps Wunder allmählich in Vergessenheit gerieten.

Dafür konnten sich die guten Einwohner des Landes von Hurrikap niemals über Bösartigkeiten verwundern und vergaßen sie deshalb recht schnell. Wieviel Not hatte allein Urfin Juice über sie gebracht, der versucht hatte, das Zauberland zuerst mit seinen Holzsoldaten und später mit seiner vielzähligen Armee der Marranen zu erobern. Doch was geschah?

Kaum hatte Urfin über sein Leben nachgedacht und es abgelehnt, der bösen Riesin Arachna zu helfen, da vergaßen ihm die guten Einwohner bereits alle Kränkungen und hielten ihn fortan für einen guten Menschen. Sie waren fest davon überzeugt, daß, wer einmal Gutes vollbracht hat, niemals mehr Böses tun kann.

Das Interessanteste war, daß die weiteren Ereignisse ihnen recht gaben.

Nachdem die Freunde aus der Großen Welt, Ann, Tim und der Seemann Charlie Black, ihnen geholfen hatten, die böse Zauberin Arachna zu besiegen, blickten sie wieder fröhlich zum klarblauen Himmel auf, an dem keine Spur mehr vom Gelben Nebel zu sehen war, den Arachna ihnen geschickt hatte.

Wieder lebten die freundlichen Bewohner des Zauberlandes ruhig und glücklich dahin und fürchteten keine Gefahr. Die zog indes schon herauf, und wer hätte es glauben können, sie drohte ihnen vom wolkenlosen Himmel.

Ein gewaltiges Sternschiff näherte sich vom Planeten Rameria der Erde. Es jagte mit einer ungeheuren Geschwindigkeit durch den Weltraum – 150000 Kilometer in der Sekunde. Wie der Sternpilot Kau-Ruck im Bordbuch vermerkte, „durchfurchte das Sternschiff schon siebzehn Jahre die Sternenwüste“. In diesem Zeitraum hatte es einen sehr langen Weg zurückgelegt, für den das Licht neun Jahre gebraucht hätte. Dieser schnellste Läufer im All bewegt sich nämlich mit einer Geschwindigkeit von 300000 Kilometern in der Sekunde fort. Nun mag man sich ausrechnen, wie weit die Entfernung vom Planeten Rameria bis zur Erde ist.

Doch die Abgesandten des fernen Sterns hatten nichts

von dieser langen Reise bemerkt. Für sie war die Zeit stehengeblieben, als fast die gesamte Besatzung in einen Zustand der Anabiose fiel. So bezeichnet man einen langwährenden Schlaf bei tiefer Unterkühlung. Die Sternschiffer waren in speziellen Flugschlaf-Sektionen untergebracht und schliefen dort arglos bereits reichlich siebzehn Jahre.

Die Zeit hatte ihre Macht über sie verloren. Das war ein echtes Wunder. Selbst wenn man die Sternschiffer erst nach tausend Jahren wecken würde, so würden sie in derselben Verfassung erwachen, in der sie seinerzeit eingeschläfert worden waren.

Einem Uneingeweihten mochten die Sektionen wie riesige Kühltruhen mit einer Vielzahl von Zellen erscheinen, in denen jeweils ein Besatzungsmitglied lag. Die Oberfläche der Zellen war spiegelblank poliert. Bei genauem Hinsehen bemerkte man rote, blaue und grüne Reglerventile. Dazwischen blinkten die verschiedenfarbigen Lämpchen der Kontrollapparatur.

Der Pilot Kau-Ruck saß im Raumobservatorium, berechnete die Position des Raumschiffs und zeichnete den Kurs auf der Sternkarte ein. Außer Kau-Ruck wachten noch drei Männer: der Kommandant, General Baan-Nu, der im Kartenraum die Daten der Geräte kontrollierte; der Arzt Lon-Gor, der den Zustand der schlafenden Besatzung, die Temperatur und Luftfeuchtigkeit im Raumschiff überwachte, die Zusammensetzung des Sauerstoffs sowie die Zuführung des Kühlmittels, des flüssigen Heliums, regelte. Dann war da noch der Flieger Mon-So, der treue Adjutant des Generals, der stets dienstbeflissen alle Anordnungen ausführte und sich niemals einen Einwand oder gar Widerspruch anmaßte.

Die Stille in den Flugschlaf-Sektionen schien bereits eine Ewigkeit zu währen. Bisweilen nur ertönte in der Kajüte des Arztes das herrische Signal der Sirene. Dann glitt Lon-Gor rasch, fast unhörbar zu den Zellen, schaltete ein grünes, rotes oder blaues Ventil um, und wieder trat Stille ein.

Mon-So hatte nichts zu tun. Seine Flieger schliefen in ihren Zellen, und Bücher las er nicht gern. Deshalb spielte er meist für sich allein in der Kajüte „Kreuzchen". Hin und wieder streifte er auch ziellos durch die Korridore oder spielte Fußball in den Gängen; das tat er jedoch nur, wenn alle anderen schliefen. Er war Torwart der Fußballmannschaft und mußte trainieren, um fit zu bleiben. Auf Rameria war es üblich, daß jedermann Sport trieb.

Die vier Sternschiffer, die die Weltraumwacht übernommen hatten, machten allmorgendlich, auch hier auf dem Raumschiff, eine besondere Fluggymnastik. Selten einmal verspätete sich dazu Kau-Ruck, höchstens, wenn er sich in einem interessanten Buch festgelesen hatte. Es mußte nicht unbedingt von der Geschichte eines Volkes, von einem außergewöhnlichen Charakter oder von spannenden Abenteuern handeln. Kau-Ruck las genauso gern Bücher über technische Probleme.

Vor dem Abflug hatte der Oberste Gebieter auf Rameria, Guan-Lo, zum General gesagt:

„Kau-Ruck ist der befähigste Ihrer Besatzung. Nur aus einem einzigen Grunde ernenne ich ihn nicht zum Kommandanten, er ist nicht zuverlässig genug."

Dafür wurde er zum stellvertretenden Kommandanten bestellt.

ILSORS ERWACHEN

An dem Kommandanten Baan-Nu, dem Flieger Mon-So, dem Piloten des Sternschiffs und dem Bordarzt war die Zeit allerdings nicht spurlos vorübergegangen. Während des Fluges waren sie um genau siebzehn Jahre gealtert. Nun wurde auf Rameria das Alter allerdings anders berechnet, denn die Bewohner lebten dort dreimal länger als auf der Erde. Deshalb waren die vier Sternschiffer, die die Wache übernommen hatten, für ramerianische Begriffe noch immer jung und im Vollbesitz ihrer Kräfte.

Von keinem außer den vier wachenden Sternschiffern wurde die Stille im Raumschiff gestört. In den Kajüten, in den Diensträumen, im Maschinensaal und auf den Gängen war es leer, deshalb schien das Raumschiff unbewohnt.

In Wirklichkeit gab es noch einen, der nicht schlief, oder, besser gesagt, der sich im Zustand des Erwachens befand. Das war Ilsor, der Diener von General Baan-Nu. Er war auf Befehl des Generals geweckt worden. Baan-Nu war es müde, ohne seinen Diener auskommen zu müssen. Deshalb ärgerte ihn seit langem einfach alles: Die Türen knallten zu laut, Kugelschreiber und Filzstifte schrieben schlecht, das Essen aus den Konservenbüchsen schmeckte nicht, und das Bett war ihm zu hart. Der Kommandant hätte eher den Arzt Lon-Gor gezwungen, ihn zu bedienen, als noch länger auf das Erwachen der Raumschiffbesatzung zu warten. Er war es nicht gewohnt, sich allein anzukleiden und auf sein Äußeres zu achten. Deshalb hatte sein rothaariger zerzauster Bart märchenhafte Ausmaße

angenommen; der Jacke, die er über den Overall gezogen hatte – er ersetzte ihm die Uniform – fehlten alle Knöpfe und dem völlig zerknautschten Overall die Reißverschlüsse. Die Ärmel hingen dem General in Fetzen herab, weil er ständig irgendwo hängenblieb; außerdem hielt es Baan-Nu kaum der Mühe wert, den linken vom rechten Stiefel zu unterscheiden: So trug er den rechten Stiefel ständig am linken Fuß, und das war selbst dem General höchst unbequem.

Lon-Gor hatte lange zunächst ein Ventil und dann ein anderes gedreht, bis es sperrte. Anschließend hatte er gewartet, bis alle verschiedenfarbigen Lämpchen aufhörten zu blinken und somit das volle Auftauen anzeigten. Endlich öffnete sich eine glänzend polierte Zelle, und der dort eingeschlossene Ilsor wurde von Mon-So und Kau-Ruck auf Befehl des Kommandanten aufgerichtet und aus der Sektion in die Kajüte des Arztes gebracht.

„Na, du Tagedieb, steh auf“, sagte der General munter, als Ilsor unter Lon-Gors Aufsicht aus der Sektion fortgetragen wurde.

Ilsors Erwachen ging nur langsam vonstatten. Er schaukelte sanft auf der aufgehängten Luftmatratze hin und her, die an eine Hängematte erinnerte, wie sie gewöhnlich die Matrosen in ihren Kojen benutzen.

Der Raumflieger nahm eine Sonderstellung ein: Ilsor war dem General nicht nur ein treuer Diener, er war auch ein hervorragender Erfinder. Nach seinem Entwurf war das Sternschiff gebaut worden, auf dem die Menviten zur Erde flogen. Es hieß „Diavona“, was in der Sprache der Auserwählten „Die Ungreifbare“ bedeutet.

Ilsor schlief. Miteins zuckte er zusammen, erwachte jedoch noch immer nicht und öffnete auch nicht die Augen. Er spürte lediglich, wie sich Baan-Nu über ihn beugte. Die Worte des Bordarztes tönten dumpf wie aus einer Tonne. Lon-Gor wiederholte mehrmals:

„Das Erwachen braucht Zeit. Das Erwachen braucht Zeit."

Der General glaubte natürlich nicht, daß sein Diener Zeit brauchte. Deshalb machte er eine ungeduldige Bewegung. Er streckte die Hand aus und schlug Ilsor derb auf die Schulter. Seiner Ansicht nach hätte der Diener beim ersten Anruf aufspringen müssen. Doch als er merkte, daß seine Versuche, Ilsor aus dem Schlaf zu reißen, fruchtlos blieben, ließ Baan-Nu von ihm ab.

ARSAKEN UND MENVITEN

Ilsor begriff noch immer nicht, daß er sich auf dem Sternschiff befand. Er erwachte. Das war ein Gefühl, als würde sein ganzes Leben auf Rameria noch einmal an seinen Augen vorüberziehen. Er sah die ferne Heimat vor sich, sah sein Volk, die Arsaken, und ihre Häuser, die an aufgetürmte Felsbrocken erinnerten, an den Silberbergen. Nicht nur die Berge glänzten dort silbern, über ganz Rameria lag ein sanftes graues Leuchten. Silbern glänzte die Erde, das Gras, Bäume und Sträucher, und es war, als ob die Blätter, wenn man sie nur mit der Hand berührte, zu klingen anhöben.

Auf dem Planeten Rameria lebten Arsaken und Menviten.

Die Arsaken waren freundlich und vertrauensselig wie

Kinder. Sie hatten aufmerksame Augen und einen offenen Blick.

Sie waren ein begabtes Volk. Unter den Arsaken gab es viele Künstler, Ärzte, Wissenschaftler, Schriftsteller, Konstrukteure, Ingenieure und Lehrer. Sie besaßen reiche Kenntnisse und waren stets bereit, sie ihren Nachbarn, den Menviten, weiterzugeben. Das taten sie mit großer Freude. Doch die Menviten waren von teuflischer Arglist.

Sie hatten einen Obersten Gebieter, Guan-Lo. Er war zudem ein Zauberer und vermochte, andere zu hypnotisieren und ihnen seinen Willen aufzuzwingen. Versuchte einer, ihm zu widersprechen, so starrte Guan-Lo ihm in die Augen, und der andere verstummte. Diese Kunst hatte der Oberste Gebieter unter dem Siegel der tiefsten Verschwiegenheit von seinen Vorfahren geerbt und sie die Menviten gelehrt. Er hatte nämlich sehr bald erkannt, daß die Arsaken ein begabtes Volk waren.

Guan-Lo dachte also bei sich: Man muß dieses Volk zwingen, uns zu Diensten zu sein.

Schon früh hatte der Oberste Gebieter bemerkt, daß die Arsaken wohlerzogene Leute waren. Wenn man mit ihnen sprach, schauten sie einem arglos in die Augen. In solchem Moment war es ein leichtes, den Zauber wirksam werden zu lassen.

Euch wird eure gute Erziehung noch teuer zu stehen kommen, dachte Guan-Lo bei sich und knurrte sogar vor Befriedigung. Ihr seid schon heute unsere Sklaven und werdet uns, glaub ich, treue Dienste leisten.

Den Menviten begann er einzureden, daß sie das auserwählte Volk seien und daß alle anderen vernunftbegabten Wesen lediglich dazu geschaffen seien, ihnen zu dienen. Der Erfolg ließ nicht auf sich warten. Die Menviten warfen sich zu Herren, zu Auserwählten, auf und machten die Arsaken zu ihren Sklaven.

Das war ein sehr trauriges Kapitel in der Geschichte der Arsaken.

Als erstes nahmen die Auserwählten den Arsaken ihre melodische ausdrucksvolle Sprache.

Das heißt, zunächst lehrten sie sie das Menvitische. Nun hatten sich die Arsaken zwar schon seit langem mit den Menviten verständigen können, fortan verlangten die Menviten jedoch, daß die Arsaken die menvitische Sprache in höchster Vollendung beherrschten wie ihre Muttersprache. Die Arsaken, von Natur wissensdurstig, hatten in der Tat großes Interesse für die Sprache des Nachbarvolkes. Ohne die Gefahr zu ahnen, in die sie sich begaben, erlernten sie rasch die Sprache der Auserwählten und beherrschten sie bald ebenso gut wie ihre Muttersprache.

Darauf verboten die Menviten ihnen, arsakisch zu sprechen, und schlossen alle arsakischen Schulen. Dann heckten sie einen noch teuflischeren Plan aus.

Sie luden die Arsaken zu einem rauschenden Fest in den Schloßpark des Obersten Gebieters und begannen die Arsaken an der Festtafel zu hypnotisieren. Ilsor konnte sich gut des ersten Befehls der Menviten erinnern. Er lautete:

„Schau mir in die Augen, schau mir in die Augen und leiste mir Gehorsam, oh Fremdling!"

So begann das vermeintliche Festmahl. Als wohlerzogene Menschen sahen die Arsaken ihren Gastgebern in die Augen und verfielen dem Zauberbann. Die Menviten forderten von ihnen, ihre Muttersprache zu vergessen, und die Arsaken vergaßen sie. Dann geschah noch etwas viel Schrecklicheres. Die Menviten befahlen den Arsaken zu vergessen, daß sie freie Menschen sind. Und die Arsaken folgten auch diesem Befehl.

Sie blieben nach wie vor Erfinder, Wissenschaftler und Künstler. Sie verwirklichten ihre Ideen meistenteils selbst, denn sie waren gewohnt, nicht allein mit dem Kopf, sondern auch mit den Händen zu arbeiten.

So geschah es denn, daß die Arsaken nicht nur hervorragende Landwirtschafts- und Werkzeugmaschinen konstruierten, Kunstwerke für die Menviten schufen, sondern auch die Raumfahrt entwickelten und Raumschiffe für sie bauten. Die Menviten nutzten die fremden Erfindungen und Kenntnisse. Sie besetzten die Schlüsselstellungen in der Industrie und Landwirtschaft von Rameria. Sie nannten sich Ingenieure, Ärzte, Pädagogen und Agronomen, obwohl sie überall auf Feldern, in Fabriken und Verwaltungen nur die Rolle von Aufsehern spielten. In Wirklichkeit vollbrachten alles, was die Menviten sich zuschrieben, jedoch die Arsaken. Aber kaum hatten sie etwas entdeckt, entwickelt, erfunden, so vergaßen sie auch schon, daß es ihre Entdeckung, Entwicklung oder Erfindung war. Sie schienen selbst überzeugt, zu nichts anderem zu taugen, als schwere körperliche Arbeiten zu verrichten. Sie wuschen, schabten, webten, hüteten das Vieh, ernteten das Getreide, arbeiteten an den Werkzeugmaschinen und waren Dienstleute oder Köche. Sie glaubten aufrichtig, daß außer der Tätigkeit, die die Auserwählten als Sklavenarbeit bezeichneten, sie keinerlei andere Aufgaben lösten. Das alles hatte Guan-Los Zauber bewirkt.

Kommandant Baan-Nu war Menvite, ein Prototyp der Auserwählten. Hoch von Wuchs und kräftig gebaut, trug er stolz den großen runden Kopf auf seinen breiten Schultern.

Alle Menviten waren stattliche, schöne Menschen, die begeistert Sport trieben. Auch für elegante Kleidung hatten sie eine Vorliebe. Ihre Gewänder mußten festlich sein und gut sitzen, sonst bekam jeder Menvite so schlechte Laune, daß ihn nicht einmal tausend Spaßvögel aufzuheitern vermochten.

Baan-Nus Gesicht hätte sogar sympathisch gewirkt, wäre nicht der eiskalte Ausdruck gewesen, der die Augen starr und unbeweglich erscheinen ließ.

Die Menviten waren von sich überzeugt, doch so einen

Gesichtsausdruck bekommt man nicht nur, wenn man sich allen anderen gegenüber hoffärtig benimmt. Sie hatten den Arsaken einfach viel Böses angetan, hatten ihnen ihren Willen aufgezwungen, und je mehr schlechte Taten die Auserwählten begingen, desto kälter wurden ihre Augen.

Ilsor kannte die hypnotische Wirkung des menvitischen Blickes. Er wußte, daß man, wenn man vor einem Auserwählten stand, willenlos wurde, ihm wie ein Sklave gehorchte und alles vergaß, außer der Tatsache, daß man Sklave war und vor einem Herrn stand.

Unter den schlafenden Raumschiffern waren auch Arsaken: Schlosser, Bohrarbeiter, Elektriker, Bauarbeiter, ohne die die Menviten auf der Erde ihr Basislager gar nicht aufbauen könnten.

Ilsor sollte die Arbeit der Arsaken unter den bisher unbekannten irdischen Bedingungen leiten. Er war als Cheftechniker vorgesehen und sollte außerdem General Baan-Nu zu Diensten sein.

Die Menviten vertrauten Ilsor. Er war unendlich gutmütig und war der gehorsamste aller Sklaven. Es gab keine Arbeit, die er nicht gemeistert hätte. Er würde niemals entfliehen, weil er das einfach nicht fertigbrächte, ohne zuvor um Erlaubnis zu bitten, dachten die Menviten.

Derweilen war Ilsor endgültig erwacht und sprang von der Luftmatratze.

Er verneigte sich tief vor Baan-Nu, der die Kajüte des Arztes betrat: „Mein General, ich diene Ihnen mit Freuden."

„Ich weiß." Der General winkte geringschätzig ab, obwohl er innerlich jubelte, weil Ilsor nun umgehend sein Äußeres in Ordnung bringen würde. „Ich weiß", wiederholte er, „du bist mir grenzenlos ergeben."

Ilsor neigte den Kopf als Zeichen des Einverständnisses, fand jedoch, daß dies der Ehre zu wenig sei, und verneigte sich hastig noch einmal zum Boden.

AN BORD DES STERNSCHIFFS

Die Astronomen von Rameria, die die verschiedenen Planeten durch Höchstleistungsteleskope beobachteten, interessierten sich seit langem für die Erde oder für Belliora, wie sie den Planeten in ihrer Sprache nannten. Sie behaupteten, daß sich die Belliora in ihrer Natur nicht von Rameria unterscheide.

Die Abgesandten des Planeten Rameria sollten herausfinden, ob es auf der Erde Leben gibt. Doch der Flug der „Diavona“ war nicht als wissenschaftliche Expedition geplant. Die Menviten hatten ein militärisches Ziel im Auge: Sie wollten sich den neuen Planeten unterwerfen.

Die Bremstriebwerke waren bereits eingeschaltet, Ilsor erriet das an dem leichten Vibrieren des Raumschiffs. Der Arzt Lon-Gor begann die Besatzung zu wecken. Sofort wurde es in den Sektionen des Sternschiffs, die bislang öde und verlassen gewirkt hatten, eng. Die Astronomen, Geologen, Ingenieure und Flieger, die aus ihrem siebzehn Jahre währenden Schlaf geweckt worden waren, kamen zum Vorschein, streckten sich und gähnten. Nur die Arbeiter, die Arsaken, blieben an ihren Plätzen, denn es war ihnen nicht gestattet, sich vom Fleck zu rühren. Das Raumschiff erinnerte jetzt an einen aufgeschreckten Ameisenhaufen, die Leute rannten ziellos hin und her.

Nachdem die Erwachten ein wenig zu sich gekommen waren, versammelte Baan-Nu die Menviten im Vorführungssaal des Raumschiffs.

„Vornehme Brüder!“ wandte er sich feierlich an die Versammelten. „Uns wurde eine großartige Aufgabe übertragen, die Eroberung des Planeten Belliora. Nach den Prognosen unserer Astronomen soll es ein blühendes Land sein.“

Auf Rameria gab es als Spielzeug kleine Götter mit wackelnden Köpfen. Die Arsaken hatten sie für die Kinder der Menviten aus Stein geschnitten. Alle Raumschiffer nickten nun sofort wie diese gehorsamen kleinen Götter mit den Köpfen zum Zeichen ihres Einverständnisses.

Der General fuhr fort:

„Unsere Aufgabe ist denkbar einfach. Wir landen an irgendeinem Ort auf Belliora und erbauen dort eine Stadt."

Baan-Nu hätte das nicht so einfach ausgedrückt, wenn nicht der Pilot gewesen wäre. Der Kommandant liebte nämlich schillernde Beschreibungen aller Gefahren, sowohl bereits vergangener als noch bevorstehender, aber Kau-Ruck hatte keinen Sinn für lange Geschichten.

Der Pilot schüttelte den Kopf. Nicht wie ein gehorsamer Gott. Ihm kamen Zweifel bei den Worten des Kommandanten.

„Und wenn Belliora bewohnt ist?" fragte er.

„Nach den vorläufigen Ermittlungen gibt es dort kein Leben", entgegnete Baan-Nu.

„Und wenn es dort trotzdem Leben gibt?“ beharrte der Pilot. „Die Astronomen behaupteten: Belliora ist ein blühender Planet. Dann kann es dort auch menschenähnliche Lebewesen geben.“

„Um so schlimmer für sie!“ sagte der General hart, hochfahrend, wie das für Eroberer charakteristisch ist. „Wir werden den größeren Teil der Bewohner vernichten und machen die anderen zu Sklaven, wie wir das bereits mit den Arsaken getan haben. Sie werden uns genauso ergeben dienen wie jene“, fügte er gereizt hinzu.

Kau-Ruck neigte zustimmend den Kopf, denn er wollte den Kommandanten nicht verärgern.

„Doch darum geht es gar nicht“, sagte Baan-Nu, der sich wieder beruhigt hatte. „Belliora liegt unmittelbar vor uns. Unser Raumschiff wird es viele Male umkreisen. Wir werden Belliora auf unseren Monitoren sehen und mit unseren TV-Kameras fotografieren. Die Physiker werden in unterschiedlicher Höhe Luftproben machen und den atmosphärischen Druck bestimmen. Die Mathematiker werden die Schwerkraft berechnen. Also an die Arbeit.“

Zunächst einmal zogen die Techniker, unter ihnen Ilsor, Raumanzüge an und stiegen durch die Schleuse in den Weltraum aus, um den Mantel des Sternschiffs zu überprüfen. Die ursprünglich spiegelglatte Oberfläche wies Dellen und Furchen auf. Das waren Spuren von Weltraumstaub und Meteoritensplittern. Ein unsichtbarer Ziseleur schien das Raumschiff Zentimeter für Zentimeter siebzehn lange Jahre bearbeitet und mit einem rätselhaften Ornament verziert zu haben. Die Dellen kamen den Raumschiffern zupasse, als sie jetzt aus Pulverisatoren eine sehr dünne feuerbeständige Schutzschicht auf das Sternschiff

auftrugen. Ohne eine solche Schicht würde es beim Eintritt in die Erdatmosphäre verglühen. Diese Schutzschicht war von Ilsor entwickelt worden und schützte das Schiff nicht nur gegen Feuer, sondern machte es auch unerreichbar für Radiowellen, falls es auf der Erde Ortungsgeräte geben sollte, die solche Wellen aussendeten.

EINIGE EREIGNISSE, DIE URFIN JUICE BETREFFEN

Während die Außerirdischen am Himmel dahinflogen, ging das Leben im Zauberland seinen Gang. Dort begaben sich ganz alltägliche Dinge. Mit Urfin Juice war allerdings eine große Veränderung vor sich gegangen. Er hatte nicht nur seinen Wohnsitz gewechselt – früher hatte er im Land der Käuer im Walde gewohnt, jetzt wohnte er im Tal, am Fuß der Weltumspannenden Berge. Die größte Veränderung war jedoch mit dem Menschen Urfin vor sich gegangen. Er hatte sich so grundlegend gewandelt, daß man meinen konnte, er sei zum zweiten Mal geboren worden. Der Gesichtsausdruck dieses neuen Einwohners im Lande von Hurrikap war nicht mehr bösartig. Wenn man bedenkt, daß der Charakter eines Menschen sich in seiner Arbeit spiegelt, so ließ sich unschwer erkennen – mit Urfin war ein Wunder geschehen. Statt des häßlichen, finsteren Spielzeugs, das früher die Kinder erschreckt hatte, bosselte er jetzt lustige Puppen, kleine Tiere und Clowns und schenkte sie den Zwergen.

Urfin hatte übrigens auch ein Geschenk vom Eisernen Holzfäller bekommen. Im Land der Zwinkerer, das bekannt ist für seine kunstfertigen Meister, hatte man für Juice ein Teleskop gebaut. Urfin errichtete flugs neben seinem Haus einen Turm und befestigte das Teleskop daran. Nun konnte er abends den Himmel beobachten. So bemerkte er denn auch durch sein Teleskop die „Diavona". Natürlich konnte er auf die große Entfernung nicht erkennen, daß es ein Raumschiff war. Er gewahrte lediglich einen winzigen blinkenden Stern. Wahrscheinlich hätte Urfin ihn gar nicht weiter beachtet, wenn dieser Stern nicht in allen Regenbogenfarben geflimmert hätte. Aus diesem Grund beobachtete er ihn mehrere Abende. Von Tag zu Tag verstärkte sich das rote Licht, und der Stern wurde größer. Das war so ungewöhnlich, daß Urfin seine Beobachtungen fortsetzte. Daß das Objekt ein Raumschiff sein könnte, kam ihm allerdings noch immer nicht in den Sinn. Das rote Licht strahlte immer intensiver, weil der Pilot Kau-Ruck auf der „Diavona" ein Bremstriebwerk nach dem anderen zündete – zwei, fünf, zehn – bis schließlich alle geschaltet waren. Die Außerirdischen näherten sich der Erde, wobei die hohe Geschwindigkeit des Raumschiffs gebremst wurde. Das war notwendig, um die Belliora umkreisen zu können.

DIE UNBEKANNTE ERDE

Die „Diavona" näherte sich also bei ihren Erdumkreisungen immer mehr dem Planeten. Die automatischen TV-Kameras an Bord wurden auf die Belliora gerichtet und eingeschaltet. Auf den Monitoren im Kartenraum des Kommandanten zeichneten sich ebenso wie im

Saal, wo sich die Menviten versammelt hatten, die hellblauen Umrisse des unbekannten Planeten ab. Die Außerirdischen betrachteten die Flecke der ihnen unbekannten Ozeane, Meere, dunklen Gebirge, gelben Wüsten, grünen Täler und Wälder. Der lange Flug hatte ihre Gefühle zwar abgestumpft, doch jetzt erfaßte die Raumfahrer Erregung, und im Unterbewußtsein blitzte ein beunruhigender Gedanke auf:

„Was wird uns hier erwarten?“

Baan-Nu drückte auf die Vergrößerungstaste. Plötzlich sah man auf den Monitoren große Städte mit vielstöckigen Gebäuden, Betriebe, Flughäfen und Schiffe.

Im selben Augenblick ertönte die Stimme des Kommandanten:

„Achtung! Tarnen!“

Die „Diavona“ stieß wie eine Krake aus einer Luke im Sternschiff eine dunkle Tarnwolke aus, die das Raumschiff einhüllte. Nun würde kein einziges Teleskop das riesige Sternschiff vom Rameria entdecken können. Statt dessen erblickte unser Astronom auf Belliora einen formlosen dunklen Körper, doch was er zu bedeuten hatte, konnte nicht einmal ein Weiser erraten.

In absoluter Sicherheit näherte sich das Raumschiff der Erde.

Die Abgesandten von Rameria betrachteten unruhig den unbekannten Planeten. Ihre blassen Gesichter verfinsterten sich. Baan-Nu und seine Untergebenen erblickten Eisenbahnlinien, Kanäle, bestellte Felder und mächtige Befestigungen. In den großen Häfen lagen riesige Schiffe vor Anker, von deren Deck Geschützrohre drohend zum Himmel gerichtet waren. Unter den Fremdlingen, die überzeugt gewesen waren, daß die Erde unbewohnt sei, machten sich Betroffenheit und Unsicherheit breit.

Düster sagte der General:

„Diese Zivilisation werden wir nicht mit einem Schlag in die Knie zwingen können. Und an jedem x-beliebigen Ort können wir auch nicht landen: Die ‚Diavona‘ würde abgeschossen werden, bevor wir überhaupt die Ausstiegsluke öffnen.“

Als echter Menvite und Eroberer glaubte Baan-Nu, daß die Besucher aus dem Weltraum auf Belliora mit Waffengeklirr empfangen würden. So hätte sich nämlich die Bevölkerung auf Rameria verhalten, wenn ein fremdes Raumschiff auf ihrem Planeten gelandet wäre.

Die Menviten beschlossen, einen stillen Ort fern von den Großstädten, Hochseehäfen und mächtigen Befestigungen ausfindig zu machen. Dort wollten sie sich vorläufig verbergen, bis die von Ilsor beaufsichtigten Arbeiter die Hubschrauber montiert hätten: Von Bord der Helikopter aus konnte man leicht die Umgebung erkunden.

Noch immer umkreiste das Raumschiff die Belliora.

Die Beobachtungen wurden fortgesetzt. Luftproben ergaben, daß sich die Erdatmosphäre wenig von der Atmosphäre auf Rameria unterschied und für die Atmungsorgane der Außerirdischen geeignet war. Wenigstens das war beruhigend, denn keiner könnte Monate oder gar Jahre in Raumanzügen auf einem fremden Planeten leben.

Endlich hatten die Abgesandten von Rameria Glück. Mitten in einer endlosen Wüste entdeckten sie ein großes waldiges Tal, umgeben von einem Ring hoher Berge mit verschneiten Gletschern. Mehrere Male zog das Sternschiff über das Tal hin. Ununterbrochen surrten die TV-Kameras. Es blieb kein Zweifel. Zwischen Wäldern und Feldern konnte man Dörfer mit winzigen Häusern erkennen, und in der Mitte ragte eine wunderschöne Stadt auf, deren Türme und Mauern in einem eigentümlichen, sehr schönen grünen Licht prangten. Nirgendwo war eine Befestigung oder ein Fort zu sehen, nirgends ragten stählerne Kanonenrohre in den Himmel, deren Anblick die Menviten bei ihren ersten Erdumkreisungen so unangenehm überrascht hatte.

Baan-Nu und seine Untergebenen lebten auf. Der General wies zum Monitor, auf dem die stillen Dörfer und die wunderschöne Stadt zu sehen waren, und sagte befriedigt: „Ein passendes Land! Hier werden wir unseren Stützpunkt einrichten."

Er wußte nicht, daß es ein Zauberland war.

Erster Teil

DIE ERSTEN TAGE AUF DER ERDE

DER GÄRTNER URFIN JUICE

Urfin ließ der eigenartige rotleuchtende Stern keine Ruhe. Immer wieder kehrten seine Gedanken zu ihm zurück, und abends saß er lange vor dem Teleskop, doch so sehr er sich auch mühte, er konnte ihn nirgendwo entdecken. Der Stern war spurlos verschwunden. Allerdings bemerkte er einmal, wie eine dunkle Wolke am Himmel dahinzog, doch er maß dem keine Bedeutung bei.

Mit den Einwohnern des Zauberlandes war Urfin jetzt gut Freund, doch er erzählte ihnen vorläufig nichts über den Stern, denn er konnte sich ja selbst diese seltsame Erscheinung nicht erklären.

Vor langer Zeit hatte der Dreimalweise Scheuch Urfin angeboten, in die Smaragdenstadt zu ziehen, um unter Menschen zu leben. Urfin hatte damals nicht gedacht, daß ihn dieses Angebot so erfreuen würde.

Doch er hatte schon zu viele Jahre am Fuße der Weltumspannenden Berge gelebt, sich an das idyllische Tal mit dem klaren Bach gewöhnt und mochte nicht mehr von seinem kleinen Anwesen fort.

Allein zu leben war für ihn genauso selbstverständlich wie essen und trinken. Nach wie vor wollte er nicht anderen Menschen gleichen und trug deshalb Kleider von anderer Farbe: keine blauen und keine violetten, sondern grüne. Er tat das nicht aus böser Absicht, er hatte einfach einen ungeselligen Charakter. Seine einzige Gesellschafterin war die Eule Guamokolatokint, mit der er täglich ein paar Worte wechselte.

„Na, liebe Freundin Guakomo", pflegte Urfin des morgens zu fragen, „sind auf den Schwingen der Elstern neue Nachrichten eingetroffen?"

Und gemächlich diskutierten sie alle Neuigkeiten, die die kluge Eule von anderen Vögeln erfahren hatte.

Guamokolatokint erzählte beispielsweise:

„Der Eiserne Holzfäller hat dem Dreimalweisen Scheuch einen Besuch abgestattet. Der Tapfere Löwe ist auch unterwegs. Aber er ist schon alt. Er kommt auf seinen müden Tatzen nur langsam voran und muß häufig rasten."

„Und was macht unser Dreimalweiser?" wollte Urfin wissen.

„Der hat sich wieder etwas ausgedacht. Will irgendeine Bibliothek einrichten und liest ernsthafte Bücher."

„Das ist seine Sache", seufzte Urfin.

Urfin war stets ein geschickter Tischler gewesen. Es hatte zwar Zeiten gegeben, das läßt sich nicht bestreiten, als die Tische, Stühle und anderen Gegenstände, die er aus Holz fertigte, den griesgrämigen Charakter ihres Meisters annahmen und es darauf abgesehen hatten, die Käufer zu stoßen oder zu treten. Kurz, sie bereiteten den Menschen Ungemach. Deshalb kaufte keiner mehr diese widerspenstigen Gegenstände, und Urfin mußte sich wohl oder übel auf die Gemüsezucht verlegen. Wovon hätte er sich sonst ernähren sollen?

Urfin wurde also Gärtner, er arbeitete flink, aber irgendwie lustlos. Die Arbeit machte ihm keine Freude.

Doch dann begann Urfin über sich und seine Taten nachzudenken und war miteins wie neugeboren. Rundum schien sich alles zu verändern. Seltsame Dinge trugen sich zu. Ihm ging alles so hurtig von der Hand, daß es ihn selbst erstaunte. Er renovierte ein kleines Häuschen im Tal und strich es mit den lustigen Farben, die sich in seiner Wirtschaft fanden. Er fühlte direkt, wie die Gärtnerei begann, ihm Spaß zu machen.

Von dem Tage an, da ihm der Scheuch angeboten hatte, in die Smaragdenstadt zu ziehen, wußte er, daß die Einwohner des Zauberlandes ihm nicht mehr zürnten. Da erwachte in ihm der Wunsch, ständig etwas für sie zu erfinden.

Mut und Geduld besaß Urfin reichlich, so daß er in seinem Anwesen so ungewöhnliche Früchte züchtete, daß selbst die Eule Guakomo, die anfangs Urfins Unternehmungen mißtrauisch betrachtet hatte, von grenzenloser Hochachtung zu ihm erfaßt wurde.

„So ein Wunder!“ krächzte sie und spreizte die Flügel. „Unglaublich! Du scheinst immer noch zaubern zu können!“

In Urfins Garten gediehen goldene Mohrrüben, blaue Gurken, dunkelrot leuchtende Pflaumen, die an Granatfrüchte erinnerten, und Äpfel, sonnenfarben wie reife Apfelsinen. Die Früchte sahen herrlich aus. Aber sie prangten nicht nur in leuchtenden Farben, sondern waren auch außergewöhnlich süß, groß und schmackhaft.

Urfin hatte es wohl nicht von ungefähr zur Gärtnerei gezogen. Es machte ihm Spaß, Obst und Gemüse für andere zu züchten, und so gelang ihm auch alles.

Wenn die herrlichen Früchte reiften, lud sie Urfin auf einen Schubkarren und brachte sie in die Smaragdenstadt.

Dort fand ein richtiges Schmausefest statt. Alle, die es sich einrichten konnten, kamen aus allen Enden und Ekken des Zauberlandes zu Gast.

Urfin wollte keinen kränken, sondern alle Einwohner und Gäste reichlich beschenken. So belud er immer wieder seinen Schubkarren mit Früchten und eilte mehrmals in die Stadt. Der Weg war jedoch weit und beschwerlich. Da

schickten die Einwohner des Zauberlandes Urfin einen hölzernen Läufer zu Hilfe. Der wurde niemals müde und beförderte Urfins Gaben mit ungewöhnlicher Geschwindigkeit in die Stadt.

Urfin erntete beizeiten Obst und Gemüse, wusch alles im klaren Quellwasser, und die liebe Sonne trocknete es im Handumdrehen. Dann sortierte er die Früchte sorgfältig im Schubkarren. Die Einwohner der Smaragdenstadt wiederum ließen den Gärtner erst heimziehen, wenn er einen ganzen Berg Piroggen verzehrt hatte, schmackhaft, wie sie allein die Einwohnerinnen der wunderbaren Stadt zu backen verstanden.

DAS GELBE FEUER

Diese Schmausefeste fanden alljährlich statt, und jedermann erwartete sie voll Ungeduld, wie man auf seinen Geburtstag wartet. Denn so herrlich das Leben im Zauberland auch sein mochte, glich dennoch ein Tag dem anderen. Morgens stieg die Sonne am Himmel auf und versank, wenn die täglichen Wunder vollbracht waren, am Abend wieder hinter den Bergen.

Unmittelbar vor Beginn des Schmausefestes trug sich folgendes zu. Das Fest war wie stets unbemerkt herangekommen und dauerte einige Tage, damit alle in die Smaragdenstadt zurecht kämen und der Gärtner genügend Zeit hätte, das Obst und Gemüse heranzuschaffen. In diesem Jahr fiel die Ernte besonders reich aus, so daß Urfin fürchtete, nicht alles bis zum Beginn des Festes in die Smaragdenstadt befördern zu können. Vor dem Palast des

Scheuchs wurden in langen Reihen Tische aufgestellt, die die Einwohner aus ihren Häusern herbeischleppten.

Urfin und der hölzerne Läufer, der ihm eifrig zur Hand ging, liefen rastlos zwischen den Weltumspannenden Bergen und der Smaragdenstadt hin und her.

Als sie mit vollen Schubkarren durch das Land der Käuer kamen, verbreitete sich ein herrlicher Duft von sonnengereiften Früchten. Wie hätten die Käuer da das prächtige Obst und Gemüse im Schubkarren ruhig ansehen können?

Sie lehnten sich fast bis zum Bauch aus den runden Fenstern ihrer Häuser. Daß sie nicht hinausfielen, lag einfach daran, daß sie sich mit den Beinen an den Fensterbrettern festklammerten. Außer sich vor Begeisterung unterhielten sie sich miteinander.

„Ei-ei-ei", sagte ein Käuer, „wieder diese blauen Gurken. Hervorragend!"

„Ach was, die Gurken! Die gelben Nüsse sind ein Wunder! Ich hab's selbst gesehen, es war eine ganze Fuhre!" rief ein anderer. „Mir läuft schon jetzt das Wasser im Munde zusammen."

Ein zartes Frauenstimmchen mischte sich ein:

„Und ich liebe die Äpfel und die Apfelsinen. Die Äpfel von unserem Urfin leuchten wie Apfelsinensonnen. Und die Apfelsinen sind rotbackig wie Äpfel."

„Ach werd' ich mich diesmal vollschlagen", verkündete ein Käuerknabe mit heller Stimme.

Bergeweis häuften sich die prachtvollen duftenden Früchte auf den Tischen der Smaragdenstadt. Doch in Urfins Garten schienen sie nicht weniger zu werden.

Die Käuer bürsteten sorgfältig ihre Anzüge und verzierten sie mit festlichen Kragen, die Frauen zogen Röcke an, die an Glockenblumen erinnerten, und nähten sich neue Glöcklein an ihre Hüte. Kurz, man rüstete sich zum Schmausefest, als ginge es zu einem Ball. Auch in allen anderen Gegenden des Zauberlandes liefen die Vorbereitungen auf Hochtouren.

Ein kleines Mädchen prahlte:

„Ich werde die allerschönste sein. Meine Mutter hat gesagt, daß ich einen hübschen neuen Spitzenkragen bekomme."

„Nein, der Allerschönste bin ich", widersprach ein Käuer. „Die Glocken an meinem Hut glänzen ganz besonders strahlend. Und wie sie läuten! Ich kann das ganze Fest über zu meiner eigenen Melodie tanzen. Ich brauche keine andere Musik."

Ein dritter Käuer meinte besorgt:

„Ich muß noch meinen Hut fertig nähen. Wenn ich es bloß schaffe."

„Wenn wir es bloß schaffen, wenn wir es bloß schaffen", riefen die Käuer aufgeregt durcheinander.

Die Glöcklein an ihren Hüten zitterten, und aus den Häusern war ununterbrochen ihr Läuten zu hören. Für die Käuer war es wirklich an der Zeit, in die Smaragdenstadt zu ziehen.

Dank der technischen Kenntnisse des Scheuchs hatte sich einiges im Zauberland verändert. Das Großartigste blieb natürlich die Umwandlung der Smaragdenstadt in eine Insel. Doch trotz des Kanals, der die Hauptstadt jetzt umgab, nannten die Einwohner sie aus alter Gewohnheit nicht Insel, sondern weiterhin die Smaragdenstadt.

Die Neuerungen des Dreimalweisen Scheuchs betrafen auch andere Orte im Zauberland. So brauchten die Bewohner nicht mehr zu überlegen, wie sie über den Großen Fluß kämen, man hatte einfach eine Brücke gebaut. Durch den düsteren Wald konnte man jetzt auch des nachts laufen, denn die Gelbe Backsteinstraße säumten Laternen, die leise in der Dunkelheit schaukelten. Dieses Schaukeln und das rötliche Licht schreckten die wilden Tiere ab.

Doch wenn sie sich nicht verspäten wollten, mußten sich die Käuer bald aufmachen, denn sie konnten nur kleine Schritte nehmen, der Weg aber war weit.

Selbstverständlich schliefen sie in dieser Nacht sehr unruhig, wie die Kinder vor einem Festtag. Deshalb erwachten sie sofort, als sie das Läuten der Glöcklein an ihren Hüten vernahmen. Sie hatten die Hüte zur Nacht auf den Fußboden gestellt, damit die Glöcklein verstummten. Wer also hatte da geläutet? Vielleicht die Mäuse? Die Käuer blickten unter die Hüte, konnten jedoch nichts Verdächtiges entdecken.

Von der Straße ertönte ein lautes Heulen, das sich ständig verstärkte.

Aufgeregt eilten die Käuer aus den Häusern.

Ein riesiger Feuerball flog tosend auf die Weltumspannenden Berge zu.

Prem Kokus fragte verblüfft:

„Ein Meteor?“

Aber ein Meteor heult nicht, beantwortete er selbst seine Frage. Er streckte die Hände zum Himmel:

„Schaut nur!“

Die Kugel löste sich auf und wurde zu einem irrisierenden gelben Feuer, das in der Form an mehrere, miteinan-

der befestigte Königskronen oder an einige umgestülpte Getreidegarben erinnerte.

Die Käuer bekamen Angst. Sie begannen zu zittern. „Klinge-ling-ling", klingelten die Glöcklein an ihren Hüten.

Das Heulen verstärkte sich. Von den Weltumspannenden Bergen zogen gelbweiße Rauchschwaden auf. Ein Wirbelwind brach los. Die Bäume bogen sich.

Das Feuer verlosch. Statt des Heulens drang nun von den Bergen ein Donnerrollen, das mehrmals vom Echo gebrochen wurde.

Kokus trieb die Käuer an:

„Schnell, schnell in die Smaragdenstadt! Es ist zu gruselig. Gruselig und unheimlich. Vielleicht wird unser Gebieter..."

„Der Weise Scheuch findet's heraus", beschlossen die Käuer, noch immer zitternd, und die Glöcklein an ihren Hüten klingelten im Takt zu ihren Worten.

DIE LANDUNG

Die Fremdlinge wollten vor dem Morgengrauen landen. Sie vermuteten, daß nachts auf Belliora ebenso wie auf Rameria alles schlief, und ihre Ankunft deshalb unbemerkt bliebe.

Woher konnten sie wissen, daß die Einwohner des Zauberlandes just in dieser Nacht keine Ruhe fanden!

Nach der letzten Erdumkreisung ging das Raumschiff zur Landung in eine gleitende Umlaufbahn über. Der Pilot

Kau-Ruck saß am Steuerpult. Seine Bewegungen waren ruhig und präzise. Aufmerksam blickte er auf den Schirm des Ortungsgeräts für Nachtsicht, auf dem sich die Umrisse der unbekannten Gegend abzeichneten.

Er durfte jetzt nicht den Ring der Berge übersehen oder, besser gesagt, jene Stelle am Fuß der Berge, wo die Außerirdischen ein Riesenschloß mit schwarzen Fensterhöhlen und einem halbverfallenen Dach entdeckt hatten. Offensichtlich war dieses Schloß unbewohnt, so daß es zunächst als Unterkunft dienen konnte.

Kommandant Baan-Nu war bereit, sich in all seiner Pracht auf dem neuen Planeten zu zeigen. Ilsor hatte schon lange seinen Bart Härchen um Härchen geschoren und gekämmt. Jetzt half der Diener dem General beim Anlegen der Paradeuniform.

Als Paradekleidung dienten den Menviten leuchtende Overalls aus festem Seidengewebe.

Die leuchtenden Farben schienen die fahlen starren Gesichter der Menviten zu beleben.

Die Orden wurden an den Overalls nicht angesteckt, sondern mit Gold-, Silber- und schwarzen Fäden aufgestickt.

Sie hatten die Form der Sonne, des Mondes oder der Sterne; einfache Orden wurden durch Ordensspangen symbolisiert. In der Mitte jedes Ordens waren die Nachbargestirne und -planeten von Rameria dargestellt. Grundregel für die Auszeichnung bei den Menviten war: Je höher der Posten, den einer bekleidete, desto mehr schöne Orden besaß er. Zum Parade-Overall gehörten Knöpfstiefel aus weichem, leichtem Leder.

Kaum zeichneten sich auf dem Schirm der Ortungsge-

räte die Umrisse des Schlosses ab, da wendete Kau-Ruck das Raumschiff geschickt mit den Triebwerken zur Erde. Er stellte gern seine Gewandtheit unter Beweis, um die Zuschauer in Erstaunen zu versetzen. Am Himmel gab es nur leider keinen, der sich für seine Landungsmanöver interessiert hätte. Äußerlich schien der Pilot völlig kaltblütig. Langsam setzte das Raumschiff zur Landung an. Unmittelbar vor dem Schloß hing es, gestützt auf irrisierende gelbe Flammen, die wie kronenförmige Feuermasten wirkten, einen Augenblick in der Luft und sank dann zur Erde. Sofort glitten aus dem Raumschiff schwenkbare Stützen in Form eines riesigen Dreifußes.

Als sich die Rauchwolken und der aufgewirbelte Staub verzogen hatten, entnahmen die Menviten der Atmosphäre zum letzten Mal Proben und öffneten, nachdem sie sich überzeugt hatten, daß ihnen keine Gefahr drohte, die Ausstiegsluke. Die frische Nachtluft, der Duft der Gräser und Blumen drang in das Sternschiff und machte die Außerirdischen ganz benommen.

Die Gangway wurde herabgelassen. General Baan-Nu setzte als erster seinen Fuß auf die Erde. Seine neue rote Aktentasche hielt er fest an den Körper gepreßt. Für alle Fälle hatte er sie mit einem Kettchen am Handgelenk befestigt. In der Aktentasche befand sich sein Manuskript. Das war der größte Schatz des Generals. Er beabsichtigte, die Geschichte der Bezwingung von Belliora zu verfassen. Während des Fluges hatte er sie bereits begonnen. Mit diesem Werk wollte der General die Militärkunst der Menviten verherrlichen, vor allem aber träumte er davon, sich selbst ein ewiges Denkmal zu setzen.

Das Raumschiff stand am Fuße der Großartigen Berge, deren verschneite Gipfel in den Sternenhimmel aufragten. Ganz in der Nähe rauschten die Wälder, und das einschläfernde Zwitschern der Vögel tönte durch die Nacht. Als der Kommandant über den feuchten weichen Grasteppich schritt, empfand er die Genugtuung des Eroberers, das Herz stockte ihm, um dann umso rascher zu pochen. Baan-Nu mußte den Reißverschluß seines Kragens öffnen.

An diesem Ort werden die Würdigsten unter den

Menviten leben, dachte er. Sklaven gibt es überall genug.

Als er sich zum Raumschiff umwandte, sah er, daß fast alle ausgestiegen waren. Stolz schritten die Menviten in ihrer ordensbestickten Kleidung auf und ab und starrten bisweilen einem Arsaken, der unnütz gesäumt hatte, strafend in die Augen.

„Nun aber schneller", befahl dieser Blick. Und der Arsake bewegte sich flink wie ein aufgezogenes Spielzeug.

Die Arsaken machten sich an ihre gewohnte Arbeit: Sie schufen den Menviten komfortable Lebensbedingungen.

Sie stellten ein Luftzelt auf und legten den Boden mit Luftmatratzen aus. Andere bereiteten das Abendbrot und brachten Getränke. Die dritten schleppten Zweige aus dem Wald herbei, um das Zelt zu tarnen. Außerdem breiteten sie über das Sternschiff ein riesiges Netz mit aufgedruckten Blättern und Zweigen, das wie ein prächtiger Teppich wirkte.

Eine Gruppe Menviten trug vorsichtig ein Riesenporträt Guan-Los aus dem Raumschiff und stellte es auf einem Hügel auf.

Der General trat vor die versammelten Menviten, hob seinen Blick zur fernen Rameria und sprach feierlich:

„Im Namen des Obersten Gebieters von Rameria, des Würdigsten unter den Würdigen, Guan-Lo, erkläre ich Belliora auf ewige Zeiten zu einem Bestandteil seiner Besitzungen Gorr-au!"

„Gorr-au! Gorr-au!!" riefen die Menviten.

Die Arsaken schwiegen. Verstohlen blickten auch sie zu dem Teil des Himmels auf, wo sich ihre Heimat befand.

Kurz wandte sich der General an Kau-Ruck:

„Pilot!“ Er war zwar guter Laune, konnte sich jedoch nicht überwinden, freundlicher zu Kau-Ruck zu sein. Er mochte den fähigen Flieger nicht, der nach seiner Ansicht zu häufig überflüssige Selbständigkeit bewies. „Im Morgengrauen ziehen Sie auf Kundschafterdienst.“ Bei sich dachte der General: Der erste Kundschafterdienst ist der gefährlichste. Sieh man zu, wie du mit diesem Auftrag fertig wirst, denkst ja immer, du bist besonders klug.

„Sie beobachten alles mit größter Sorgfalt! Doch seien Sie schon heute auf der Hut!“ befahl er.

„In Ordnung, mein General“, erwiderte Kau-Ruck mit einer Lässigkeit, die keineswegs den militärischen Vorschriften auf Rameria entsprach. Aber der Pilot machte ja sowieso grundsätzlich alles anders. Er verfügte über ein profundes Wissen, deshalb griff er auch niemals zur Zauberei wie die anderen Menviten.

„Ich begebe mich jetzt zur Ruhe“, verkündete der General und streckte sich wohlig. „Ich finde, auf Belliora sind die Nächte doch reichlich kühl.“

Einer der Sklaven bot Baan-Nu auf einem Tablett Früchte an, die sie im Hain gepflückt hatten.

Genüßlich kauend, wandte sich der General an seinen Diener:

„Na, Ilsor, ist alles zum Schlafen vorbereitet?“

„Jawohl, mein General“, Ilsor machte so eine tiefe Verneigung, daß es schien, als hänge sein Körper an Scharnieren. Als der General diese unelegante Haltung des Dieners sah, brach er in Lachen aus:

„Du spürst wohl deine Beine nicht vor Glück, daß du auf einem so herrlichen Planeten stehst, was, Ilsor?“

„Jawohl, mein General.“ Ilsor nickte. „Mir muß doch gefallen, was Ihnen gefällt.“

„Eben, eben!“ Baan-Nu klopfte Ilsor leutselig auf die Schulter und ging ins Zelt.

Mit seinem Feldstecher trat er der Reihe nach an alle Fenster des Zelts, ließ seinen Blick gelangweilt über die Berge gleiten und betrachtete gründlich die Bäume am Waldesrand. Vielleicht hatte sich dort der Feind in den Hinterhalt gelegt. Doch da er nichts sah, außer den Schatten der Vögel, streckte er sich wohlig auf dem Matratzenberg aus, den Ilsor mit weichen, weißen Fellen bedeckt

hatte, die an das Fell von Schneeleoparden erinnerten. Ein riesiger Bettvorhang, ebenfalls aus weißen Fellen, trennte die Bettstatt des Generals vom übrigen Teil des Zelts, das für die anderen Menviten bestimmt war.

Baan-Nu schob die Aktentasche unter das Fellkissen, das Ilsor diensteifrig anhob. Wenn er schlief, verschloß der General Dokumente, die für ihn wichtig waren, niemals im Safe. Für jeden Safe fanden sich Schlüssel; er wußte kein besseres Versteck, als das eigene Kopfkissen.

Als der Kommandant der Menviten eingeschlafen war, nahm Ilsor den Feldstecher, räumte ihn jedoch nicht fort, sondern betrachtete ebenfalls aufmerksam durch das Glas die Umgegend. Dann trat er zu den Arsaken, die ihr Nachtlager unter offenem Himmel aufschlugen.

Verschwörerisch flüsterte er ihnen zu:

„Freunde, verliert nicht die Hoffnung“, um mit lauter strenger Stimme im Befehlston hinzuzufügen:

„Morgen früh beginnen wir mit der Montage der Helikopter.“

Keiner der Auserwählten ahnte, welche Doppelrolle Ilsor spielte.

Der diensteifrigste aller Diener versteht sich hervorragend auf die Technik, das war es, was jeder Menvite von ihm wußte.

Doch sie wußten etwas anderes nicht:

Ilsor war widerstandsfähiger gegen die hypnotischen Blicke und Befehle der Menviten gewesen als die anderen Arsaken. Er besaß einen stärkeren Willen. So war es ihm seinerzeit gelungen, bevor der Zauber Macht über ihn gewinnen konnte, das Aussehen eines ergebenen Sklaven anzunehmen. Er belauschte fortan die geheimen Unterredungen der Menviten, die vor ihm keine Vorsicht übten, denn sie glaubten, er sei völlig verzaubert und demzufolge auch gehorsam und ihnen untertan. Aus den Gesprächen der Auserwählten wußte Ilsor über alles Bescheid, was auf Rameria vor sich ging.

Die Arsaken glaubten fest, daß Ilsor ihnen helfen werde, daß einzig er ihre Befreiung ermöglichen könne, und wählten ihn vertrauensvoll zu ihrem Anführer.

Der Gedanke, die Arsaken zu befreien, ließ Ilsor fortan keine Ruhe mehr, weder bei Tag noch bei Nacht.

Jetzt kam die Sorge um die Erdenbewohner hinzu. Nach den Fotos zu urteilen, die selbstverständlich auch dem Arsakenführer zu Augen kamen, bewohnten vernunftbegabte Wesen Belliora. Sie ahnten nicht, welche Gefahr der Blick der Menviten in sich barg. Sie davor zu warnen, war die Pflicht Ilsors, obwohl er noch nicht recht wußte, wie er das anstellen sollte.

AUF KUNDSCHAFTERDIENST

Im Morgengrauen begab sich Kau-Ruck mit einer Gruppe von Fliegern auf Kundschafterdienst. Ruhig gingen sie an den Wachposten vorbei, denen ausschließlich Menviten angehörten, und die hellwach ihren Dienst versahen. Der Pilot mochte unter allen Militärs die Flieger am meisten. Wenn ihre Staffel nur nicht Mon-So, ein treuer Untertan des Generals, befehligt hätte. Die Flieger, die einige arsakische Sklaven mit sich genommen hatten, gingen munter drauflos. Ihr Kundschafterdienst erschien ihnen wie ein fröhlicher Spaziergang.

Vor allem wollten sie das Schloß besichtigen. Sie ahnten nicht, daß dies die ehemalige Wohnstätte des Zauberers Hurrikap war.

Nachdem sie einmal um die Ruine herumgegangen waren, blieben die Fremdlinge vor der verschlossenen Riesentür stehen.

Fröhlich scherzten sie miteinander.

„Das ist ja ein Prachtbau! So etwas wird nur für einen hohen Herrn oder für Gespenster erbaut!“

„Na, wollen wir's mal mit der Schulter versuchen! Nochmal... Nein, allein mit unseren Schultern schaffen wir's nicht!“

Die Türangeln waren verrostet, so daß die Sklaven helfen mußten, die Tür aufzustoßen.

Als die Menviten den Raum betraten, flogen aus den leeren Fensterhöhlen Dutzende Uhus und Eulen auf, und ein Fledermausschwarm stob den Außerirdischen entgegen.

Die Bewohner von Rameria waren von der Größe des Schlosses, von den hohen Gemächern und den Riesensälen aufrichtig verblüfft.

„Wenn man sich in solchen Räumen für ein paar Tage niederläßt, merkt man sicher kaum, wie man selbst zu einem hohen Herrn wird!" scherzten die Flieger.

Viel Interessantes fand sich in den Schloßgemächern. Die Menviten erblickten Schränke, hoch wie ein vierstöckiges Haus, mit Töpfen und Schüsseln, die an Schwimmbekken erinnerten, Riesenmesser und Bücher, auf denen ganze Waldwiesen Platz gefunden hätten.

Die Fremdlinge begriffen nicht, wozu lebende Geschöpfe ein so riesiges Gebäude errichtet haben mochten. Unwillkürlich krochen sie vor Überraschung in sich zusammen. In der Kindheit hatten sie natürlich Märchen gelesen. Deshalb war das erste, was ihnen in den Sinn kam, die Vermutung:

„Vielleicht hat hier ein Menschenfresser gehaust?"

Mit Hilfe der Sklaven schlugen die Menviten eines der Bücher von Hurrikap auf, denn sie hofften, darin eine Erklärung zu finden.

Doch so sorgfältig die Fremdlinge auch die Seiten umblättern mochten, sie fanden nichts außer sauberem Papier, denn der Text war von den Bogen verschwunden. Wie konnten die Menviten ahnen, daß das in der Absicht des guten Zauberers gelegen hatte: Wenn sich Feinde näherten, zeigten die Bücher nicht mehr, was in ihnen geschrieben stand. So verloren die Menviten rasch jedes Interesse an ihnen.

Bei der Besichtigung der Gemächer, der Möbel und der Haushaltsgeräte staunte Kau-Ruck:

„Ob auf Belliora wirklich Riesen leben, die all diese Gegenstände benutzen können?“

Er versuchte sogar, sich in Hurrikaps Sessel zu setzen. Dafür mußten die Arsaken allerdings einander auf die Schulter klettern und eine lebendige Treppe bilden, über die der Pilot in den Sessel gelangte. An die steinharte

Lehne gedrückt, fühlte er sich ebenso unglücklich, wie vor dem riesigen steinernen Standbild eines Fabeltiers. Auf Rameria gab es viele solche Skulpturen. Sie waren ein Teil der uralten arsakischen Kultur.

Nachdenklich sagte der Pilot zu den Fliegern, die ihn erwartungsvoll anstarrten:

„Wenn die Erdenbewohner von so einem Riesenwuchs sind, daß sie in dem Sessel hier Platz finden, sind wir Menviten einfach Zwerge im Vergleich zu ihnen." Kau-Ruck empfand miteins die Komik der Situation.

Er dachte bei sich: Ich werde Baan-Nu erfreuen. Hier müßte eigentlich noch ein Gespenst her, als Zuschuß zum Schloß. Doch als der Pilot an die kleinen Häuschen dachte, die er auf dem Bildschirm des Sternschiffs gesehen hatte, fand er, daß man den General wohl kaum mit einer Schloßruine schrecken könne.

Die Kundschafter setzten ihren Weg fort. Unter dem Eindruck des Geschauten wurden sie immer verzagter.

Ihre Stimmung besserte sich erst wieder, als sie den finsteren Wald verließen und auf eine freundliche Waldwiese traten, der sich eine zweite und eine dritte anschlossen.

Rundum breiteten sich grüne Wiesen aus mit riesigen rosa, weißen und blauen Blumen, die an Glockenblumen erinnerten. Winzige Vögel flatterten durch die Lüfte, sie waren kaum größer als Hummeln und besaßen ein ungewöhnlich buntes Gefieder. Sie jagten Insekten.

Zottige Hummeln in ihren braungelb gestreiften Fellchen summten ihr ewiges, eintöniges Hummellied.

Rotbrüstige und goldgrüne Papageien verkündeten mit kehligen Stimmen das Nahen des Morgens. Sie blickten die Außerirdischen mit klugen Augen an. Wenn die Menviten gewußt hätten, daß die Papageien tatsächlich miteinander sprachen, hätte ihre Verwunderung keine Grenzen gekannt.

Die Papageien riefen nämlich einander zu:

„Wacht auf, wacht auf, was für ein herrlicher Morgen!“

„Was sehe ich da, was sind das für Menschen?“ fragten die anderen verblüfft.

In den klaren Bächen tummelten sich Schwärme flinker, silberngläzender Fische.

Die Außerirdischen waren begeistert: „Wenn ganz Belliora so ist, wie das, was wir hier sehen, wäre es herrlich!"

DIE VOGELSTAFETTE

Die Fremdlinge, die zur Nachtzeit in der Nähe des verlassenen Schlosses gelandet waren, wo sich im Umkreis von vielen Meilen keine einzige menschliche Wohnstätte befand, fühlten sich völlig in Sicherheit, so als seien sie nicht auf Belliora, sondern bei sich daheim auf Rameria. Ihr Lager in der Nähe der Wohnstätte von Hurrikap hatten sie nicht von ungefähr Ranavir genannt, was in der Sprache der Menviten sichere Wohnstatt bedeutete. Die menvitischen Zauberer, die die Menschen zu Sklaven machten, glaubten so fest an ihre Macht, daß sie überzeugt waren, die Ereignisse könnten sich nur so entwickeln, wie sie selbst es wünschten. Sie ahnten dabei nicht, daß sich die Ereignisse im Zauberland bereits entwickelten, aber ganz und gar nicht so, wie das die Fremdlinge wünschten.

Auf vieles hatte kein anderer wesentlichen Einfluß genommen, als der Herr dieses gigantischen Schlosses. Der Zauberer Hurrikap war zwar verschwunden, doch Zauberei geht niemals spurlos verloren. Allein die menschliche Sprache, die Hurrikap den Vögeln geschenkt hatte! Sie hörten den Menschen aufmerksam zu, waren über alle Geschehnisse unterrichtet und trugen mit Liedern und Gezwitscher die Neuigkeiten in alle Winkel des Zauberlandes. Da sie einander verstanden, waren Vögel und Menschen gute Freunde. Die Menschen rührten die Bewohner der Felder und Wälder nicht an, und jene erwiesen ihnen ihrerseits unschätzbare Dienste. Sie brachten ihnen im rechten Augenblick wichtige Nachrichten und warnten sie stets vor Gefahren. Auch jetzt interessierten sich vor allem die Vögel für die Außerirdischen. Während sich die menvitischen Kundschafter an den Naturschönheiten von Belliora erfreuten, flatterten die gefiederten Waldbewohner von Baum zu Baum, und das nicht nur deshalb, weil sie sich von Würmern und Käferchen ernährten.

Dem Piloten Kau-Ruck erschien der Gedanke absurd, dennoch war ihm, als ob die Vögel sie beobachteten. Er bemerkte, daß sie nicht ziellos umherflatterten. Sie schienen vielmehr in irgendeine allgemeine Bewegung einbezogen, als handelten sie nach einem bestimmten Plan. Sie bezeigten Interesse für die Fremdlinge und flogen um sie herum, als suchten sie etwas auszukundschaften. Die Außerirdischen dachten zunächst, daß das Einbildung sei. Doch aus den Schnäbeln der Vögel erklangen einzelne seltsame Wörter wie Katschi-Katschi, Kaggi-Karr, Scheuch.

Die Menviten hatten, obgleich sie Zauberer waren, keine Vorstellung von der Vogelpost. Doch schon am ersten Morgen nach ihrer Ankunft auf der Erde verbreitete sich durch die schattigen Wälder eine alarmierende Kunde. Hier und dort wippten die Zweige. Von Baum zu Baum, von Nest zu Nest flogen und hüpften die aufgeregten lauten Boten.

„Steht auf! Steht auf!“ Laut weckten sie alle, die noch nicht erwacht waren.

„In unserem Land sind Unbekannte erschienen", pfiffen und zwitscherten Lerchen und Spottdrosseln in vielstimmigem Chor, hastig die einen, gemächlich die anderen. „Sie steigen aus einer riesigen Maschine. Sie machen sich am alten Schloß zu schaffen. Sie haben eine Kiste gebaut, aus der sie Wasser holen."

Die Fremdlinge erinnerten so stark an die Landsleute von Elli, daß die Vögel sie zuerst für Menschen von jenseits der Berge hielten.

„Grüßt euch! Seid ihr aus Kansas?" fragten die Vögel, doch die Fremdlinge antworteten nicht.

Als der Morgen graute, machten sich die Außerirdischen an die Arbeit. Die Astronomen errichteten auf einem Hügel ein großes Teleskop, die Botaniker untersuchten die Pflanzen und die Geologen den Boden. In Wirklichkeit machten die ganze Arbeit natürlich die Arsaken. Die Menviten trieben sie nur mit Rufen und Befehlen an.

Auf Anordnung von Baan-Nu begannen die Arsaken mit der Renovierung des unbewohnten Schlosses. Der Zauberer Hurrikap hatte seinen Palast in einem einzigen Augenblick errichtet. Doch seine Zauberkunst hatte der Prüfung durch die Jahrhunderte standgehalten, und es brauchte nur wenig instandgesetzt zu werden. Fensterglas mußte eingesetzt, das Dach repariert, hier und dort der Fußboden ausgebessert, die Wände und die Decke mußten frisch gestrichen werden.

Plaste stellten die Außerirdischen sofort aus den mitgebrachten Mischungen her. Sie kochten sie in Bottichen. Sie gaben sich mit dem wenigen zufrieden, was sie vorfanden. Lehm, den sie der Mischung beigaben, hatten sie an den

Weltumspannenden Bergen gefunden, und die Gefäße nahmen sie von Hurrikap.

Die aufgelöste zähe Masse wurde in den Fensterrahmen verteilt, sie erstarrte im Nu und bildete durchsichtiges Glas von zartblauer, gelblicher oder rosa Farbe. Durch dieses Glas, das in riesigen Kesseln gekocht wurde, konnte man, befand man sich in den Schloßräumen, alles sehen, blickte man von der Straße herein, sah man hingegen nichts.

Selbsttätige Formmaschinen stanzten Platten, die an rote Dachziegel erinnerten. Mit ihnen wurde das Dach gedeckt.

Verputzer und Maler arbeiteten mit Zerstäubern, die zunächst Risse, abgeschlagene Stellen und Löcher mit Kitt verschmierten. Nach einiger Zeit trocknete der Kitt. Dann wurde er mit grauer Farbe überstrichen und war nicht mehr von Stein oder Felsen zu unterscheiden. Die Fremdlinge wollten das Schloß nämlich nicht reparieren, sondern ihm auch ein Aussehen verleihen, daß sie wenigstens teilweise an Rameria erinnerte. Auf Rameria hatten alle Häuser die Form von Felsbrocken mit bunten Fenstern.

Die Arsaken arbeiteten schnell, doch die menvitischen Aufseher trieben sie zu noch größerer Eile an.

Ilsor leitete die Montage der Helikopter, deren Einzelteile in der „Diavona“ lagen. Sie hatten einen kleinen Kerosinvorrat mitgebracht, doch die Geologen gedachten Brennstoffvorräte auf Belliora zu erkunden und hatten die Arbeit bereits aufgenommen. Mehrmals schon hatten sie Proben gebracht, aber Ilsor hatte sie jedesmal abgelehnt.

„Die Qualität muß besser sein“, erklärte er den Geologen.

In Wahrheit hatte Ilsor keine Eile, den Menviten zu helfen, denn er wußte, daß das mitgebrachte Kerosin nicht lange reichen würde. Er war bereits in der Nähe der Dörfer der Erzgräber und der Käuer gewesen und hatte gesehen, was für harmlose Menschen dort lebten.

Die Vögel beobachteten tief in den Baumkronen verborgen die Außerirdischen, welche sich nach ihrer Ansicht unerklärlich benahmen. Die einen, von hohem Wuchs, mit stolz erhobenen Köpfen, herrischen Gesten und lauten Stimmen, deren Kleidung mit Orden bestickt war, befehligten die anderen, die in grüne, lose fallende Overalls aus grobem Gewebe, welches an Jutestoff erinnerte, gekleidet waren. In Größe und Kraft waren die Leute in den groben Overalls denen mit den Orden unterlegen. Sie hatten freundliche Augen und schienen den Vögeln sehr schutzlos.

Die Vögel lauschten den Unterhaltungen der Außerirdischen, konnten sie jedoch nicht verstehen. Sie dachten bei sich: Wie seltsam sie murmeln.

So bemühten sie sich denn, herauszufinden, was in dem verlassenen Schloß vor sich ging. Ihre Aufmerksamkeit erregte ein Riesenungetüm, das an ein großes Haus mit runden Fenstern erinnerte und unter einem Netzteppich versteckt war. Einige Schwalben und Zaunkönige flogen, alle Vorsicht außer Acht lassend, nahe an das Sternschiff heran und mußten diesen Leichtsinn mit dem Leben büßen. Einer der hochgewachsenen Fremdlinge nahm einen Gegenstand zur Hand, der in der Form an eine längliche Taschenlampe erinnerte, wie die Vögel sie zwischen dem Feuerzeug, der Pistole und den anderen Sachen des Seemanns Charlie gesehen hatten. Der Fremdling drückte auf einen Knopf, und ein unerträglich heller Strahl flammte auf, der im selben Moment die Vögel verbrannte. Die Schwalben fielen tot zur Erde, ohne ihre Nester in den Bergschluchten zu erreichen. Die Zaunkönige, die besser laufen als fliegen können, hüpften flink ins Gebüsch, doch das schreckliche Licht verbrannte sie zusammen mit dem grünen Laubwerk. Die schnellen Vögel konnten nur noch einen letzten Schrei ausstoßen, der dem Ton einer Flöte oder dem Lied eines Menschengeschöpfes ähnelte. Es war jenes Lied, für das die Zaunkönige seit Jahrhunderten auch Orgelspieler genannt werden.

Die gefiederten Kundschafter wußten zwar nicht, daß sie eine Strahlpistole gesehen hatten, doch sie wußten nun immerhin, was sie von den ungebetenen Gästen zu erwarten hatten. Fortan verbargen sie sich im Wald, ließen sich nicht mehr blicken und machten ihre Beobachtungen in der Nähe des Schlosses mit größter Vorsicht.

Wie auf Verabredung fanden sich die Vögel schließlich

auf den Zweigen einer weitausladenden Eiche ein und hielten Rat, was sie weiter unternehmen sollten. Sie beschlossen, umgehend eine Meldung in die Smaragdenstadt weiterzugeben.

Der im Laufe der Jahre immer weiser gewordene Papagei Katschi schrieb in dieser Meldung: „Hochverehrter Gebieter Scheuch! Ich melde ein Ereignis von außerordentlicher Bedeutung. Vielleicht bin ich im Alter über die Maße vorsichtig geworden, doch ich habe den Eindruck, daß uns gegenwärtig eine viel größere Gefahr droht, als seinerzeit durch den Krieg mit der Riesin Arachna. Fremdlinge sind in unser Land eingedrungen und haben sich in der Nähe des Schlosses von Hurrikap niedergelassen. Sie besitzen eine riesengroße Maschine mit runden Fenstern, in die sie aus- und einsteigen. Das wichtigste aber ist, sie haben Stablampen, die nicht leuchten, sondern töten, denn sie verbrennen alles. Unsere mutigsten Kundschafter, die Schwalben und Zaunkönige, sind ihnen bereits zum Opfer gefallen. Laß Dir dies alles durch den Kopf gehen, oh Gebieter. Wenn Gefahr droht, muß man etwas unternehmen!"

Der Goldspecht lernte den Text auswendig und flog nach Nordosten zur Smaragdenstadt. Er flog so rasch es seine Kräfte erlaubten. Sein goldenes Gefieder lohte am blauen Himmel wie eine Feuerflamme. Nach ein paar Meilen übermittelte er dem Eichelhäher Wort für Wort den Text. Der breitete mit frischer Kraft seine Schwingen wie ein Segel aus, gab die Worte des weisen Katschi einem anderen Vogel weiter und so setzte sich die gefiederte Stafette fort.

Die Verdienste der berühmten Kaggi-Karr, die die Vogelstafette erfunden hatte, waren im Lande Hurrikaps allgemein bekannt. Der Strohscheuch, der ihre Ratschläge befolgt hatte, hatte seinerzeit vom Zauberer Goodwin, dem Großen und Schrecklichen, ein Gehirn erhalten und war zum Gebieter über die Smaragdenstadt bestellt worden. So hatte es der falsche Zauberer Goodwin angeordnet, bevor er das Zauberland verließ.

Der Scheuch hatte die Krähe für ihre vielen nützlichen Vorschläge mit einem Orden ausgezeichnet, auf den sie sehr stolz war und weshalb sie sich für den wichtigsten Vogel im Staate, für die Königin der Krähen hielt.

Es war nur wenig Zeit vergangen, und die Haubenlerche, die ihren Namen wegen der zwei langen schwarzen Federn erhalten hatte, die ihr Köpfchen schmückten, langte am Tor der Smaragdenstadt an.

EIN WICHTIGER BESCHLUSS

Faramant, der am Tor Wache hielt, konnte gar nicht so schnell die grünen Brillen verteilen, wie sie gefordert wurden. Sie reichten zudem auch nicht aus, obwohl mehrere Körbe bereit standen. Zu groß war die Zahl der Besucher, die in die Smaragdenstadt drängten.

Die ersten Nachrichten über die ungewöhnlichen Ereignisse, die sich in den Bergen abspielten, hatte der Läufer überbracht, der Urfin bei der Ernte half.

Dann kam die Lerche, und als letzte marschierten die Käuer an.

Zu diesem Zeitpunkt erschienen auch andere Einwohner aus allen Gegenden des Zauberlandes. Allgemeine Unruhe machte sich breit.

Die Haubenlerche übermittelte der Krähe Kaggi-Karr die Nachricht des weisen Katschi.

Verängstigt berichteten die Käuer vom Heulen in den Bergen und vom gelben Feuer. Aufgeregt riefen sie durcheinander:

„Es war eine rote Kugel!"

„Nein, eher ein Meteor!"

„Das war doch kein Meteor! Er hat so scheußlich geheult!"

Nachdem Kaggi-Karr aufgeregt alle angehört hatte, machte sie sich umgehend auf zum Scheuch. Sie fand den Gebieter im Thronsaal, der jetzt Bibliothek hieß.

Die Bibliothek war ebenfalls eine Erfindung des Scheuchs. Von Elli hatte er seinerzeit gehört, daß es einen Ort gibt, an dem Bücher aufbewahrt und gelesen werden. Später hatte der Scheuch in Goodwins Schatzkammer hin-

ter dem Thronsaal zwischen Märchenvögeln, -fischen, -tieren, neben der Seejungfrau und anderen Wundertieren, die der große Betrüger benutzte, wenn er sich verwandelte, ein paar Bücher entdeckt. Etliche Bücher fanden sich auch in Ellis Wohnwagen. Natürlich waren es zu wenige für eine richtige Bibliothek. Aber sie fanden Platz auf zwei Borden, die der Scheuch selbst mit Nägeln an der Wand befestigte.

Da kamen ihm die Zwerge zu Hilfe. Sie brachten ihre vielbändige Chronik, die alle Bücherborde in der Schatzkammer hinter dem Thronsaal füllte. Die Bücher im Zauberland erwiesen sich als echte Schätze.

Ihre geringe Anzahl wurde durch jene Leidenschaft aufgewogen, mit der der Gebieter der Smaragdenstadt las.

Als interessanteste unter den aufgefundenen Schätzen erwies sich die „Enzyklopädie“. Dort stand viel Interessantes über die Dinge geschrieben, die die Bewohner des Zauberlandes umgaben und über alle möglichen Gegenstände, darunter über Sachen, die der Scheuch niemals gesehen hatte, wie Autobus, Leuchtfeuer, Theater.

Der ausdauernde, fleißige Gebieter bildete sich stundenlang weiter. Zeit dafür besaß er genug, denn er brauchte weder zu essen noch zu trinken oder zu schlafen. Gerade diese Dinge aber bereiten den Menschen in der Großen Welt so viele Scherereien.

Das Gehirn aus Sägespänen, vermischt mit Näh- und Stecknadeln, diente seinem Herrn schon viele Jahre getreulich. Es gab ihm kluge Gedanken ein und regte ihn zu weisen Taten an, weshalb die Untertanen ihm den Titel Dreimalweiser Scheuch verliehen hatten.

Seitdem dem Dreimalweisen die Enzyklopädie in die Hände gefallen war, wurde der Kopf des Scheuchs regelrecht zu einem Sammelbecken aller möglichen Kenntnisse, und er nannte sich selbst voller Stolz En-zy-klo-pä-dist. Er hatte eine Schwäche für lange gelehrte Wörter und sprach sie, um ihre Bedeutung zu unterstreichen, gern silbenweise aus.

Wer, wenn nicht der Scheuch, mußte eine Erklärung geben können für die Ereignisse jener rätselhaften Nacht.

Nachdem der Scheuch die Meldung der Krähe entgegengenommen hatte, erfaßte ihn eine große Unruhe, und er beschloß, umgehend in der Bibliothek den Kriegsrat einzuberufen. Außer dem Gebieter gehörten ihm der Langbärtige Soldat Din Gior an, in Kriegszeiten Feldmarschall, der Hüter des Tors Faramant, der Eiserne Ritter Tilli-Willi und die oberste Leiterin des Nachrichtenwesens Kaggi-Karr. Am Rat nahm auch der Gebieter des Violetten Landes, der Eiserne Holzfäller, teil, der gerade bei seinem Freund zu Gast weilte.

Tilli-Willi, der sich eigentlich in den Saal hätte zwängen können, blieb lieber auf der Erde vor dem Schloß sitzen; sein Kopf reichte gerade bis ans geöffnete Fenster im ersten Stock.

Der Eiserne Ritter war nach menschlicher Rechnung erst ein paar Jahre alt – das reinste Kleinkind. Doch die wunderbaren Schöpfungen des Zauberlandes entwickeln sich wesentlich schneller. Deshalb stand Tilli-Willi mit seiner Auffassungsgabe hinter keinem Schüler der zweiten Klasse zurück. In der Technik kannte er sich nicht schlechter aus als Lestar persönlich, der hervorragende Meister des Zauberlandes. Der kleine Tilli-Willi erinnerte sich so deutlich seines Schöpfers, des Seemanns Charlie, daß er immerfort Sehnsucht nach ihm empfand. Deshalb war ihm jeder Anlaß recht, um über den Seemann zu sprechen. Er wurde dann gleich fröhlicher, denn es kam ihm vor, als habe er Vater Charlie persönlich getroffen.

Ehrlich gesagt, hatte der Einbeinige Seemann, als er Tilli-Willi für den Kampf gegen die Zauberin Arachna schuf, ein Ungeheuer gebaut. Er hatte dem Eisernen Ritter ein ungewöhnlich bösartiges Antlitz gegeben, wie es nur der kleine Gott von der Kuru-Kussu-Insel besaß. Doch wenn der Riese auch schreckliche Hauer aufwies und seine Augen fürchterlich schielten, so besaß er ein freundliches Lächeln und blickte ganz und gar nicht feindlich. Der Riese hatte ein gütiges Herz, weshalb ihn keiner fürchtete.

Er trieb Späße mit den kleinen Kindern, ließ sie auf

seinen Schultern reiten, und sie quietschten vor Vergnügen. Die Kinder liebten Tilli-Willi und beachteten deshalb nicht seine riesigen weißen Hauer, so wie man bei Angehörigen und Freunden, bei allen, die man gern hat, über manche äußeren Mängel hinwegsieht.

Tilli-Willi betrachtete die Ratsmitglieder freundlich durch das offene Fenster. Am meisten erschreckte alle die Nachricht vom Tode der Vögel durch einen einzigen Feuerstrahl, der lautlos aus einer Stablampe gekommen war. Das war ein unerklärliches Phänomen, von dem bislang keiner gehört hatte.

Der Scheuch sprach:

„Mit den Besitzern dieser schrecklichen Waffe müssen wir ganz besonders vorsichtig sein.“

Der Eiserne Holzfäller fragte:

„Was ist bloß geschehen? Woher kommen diese Leute?“

„Gelbes Feuer, das heult“, krächzte Kaggi-Karr.

Der Gebieter winkte ab:

„Wartet, wartet mal!“ Er begann in seiner geliebten Enzyklopädie zu blättern: „Meteor, Kugel, Feuer, Heulen, Donner“. Halblaut las er die Stichwörter.

„Vielleicht sind sie zufällig herbeigeflogen wie seinerzeit Elli mit ihrem Häuschen? Vielleicht hat sie ein Sturmwind hierher geweht?“ mutmaßte der Eiserne Holzfäller.

„Sturmwind, Haus“, las der Scheuch. Er sah unter den Worten „Vulkan“ und „Erdbeben“ nach. Dann schüttelte er den Kopf:

„Nein, das paßt alles nicht.“

Der Torhüter hatte eine Idee: „Man müßte sich diese Maschine mit aller Vorsicht genauer ansehen.“

„Das will ich gerade tun“, erwiderte der Scheuch gewichtig und ging zu dem Zauberkasten, dem Fernseher, den ihm einstmals die Fee Stella geschenkt hatte. „Ich glaube, dieser Kasten wird uns jetzt den größten Dienst erweisen.“

Das Fernsehgerät stand im Thronsaal auf einem besonderen Tischchen, rechts und links von ihm waren auf Borden die Bücher angeordnet.

„Birelija-turelija, buridakl-furidakl, es röte sich der Himmel, es grüne das Gras. Kästchen, Kästchen, zeig uns das: Was geht an Hurrikaps Schloß vor?“

Der Bildschirm leuchtete auf. Vor den verblüfften Zuschauern erschienen die Fremdlinge. Sie sahen genauso aus, wie die Lerche gemeldet hatte. Mit überheblichen Gesichtern schritten sie auf und ab und erteilten mit scharfen Stimmen den sich untertänigst vor ihnen verneigenden Menschen mit sympathischen Gesichtszügen Anordnungen. Die Versammelten hätten gern die Unterhaltung der Fremdlinge belauscht, doch sie unterhielten sich in einer fremden Sprache. Der Scheuch und seine Freunde bemerkten auf dem Bildschirm ein buntes durchsichtiges Netz. Als sie es genauer betrachteten, erkannten sie unter dem Netz ein dunkles Ungetüm mit einer runden Tür an der Seite, zu der eine lange Treppe führte.

Faramant wollte wissen:

„Wie ist dieses Ungetüm bloß in unser Land gekommen? Auf keinen Fall vom Himmel. Vom Himmel konnte es nicht fallen“, fügte er überzeugt hinzu, „dazu ist es zu schwer.“

„Was ist dann aber geflogen und hat so laut geheult?“ fragte Din Gior.

„Laßt mich nachdenken“, bat der Scheuch, „ich werde dieses Rätsel lösen.“

Der Scheuch begann gründlich zu überlegen, und wieder traten durch diese Anstrengung die Nähnadeln und die Stecknadeln aus seinem Kopf; in solchen Augenblicken zeichnete sich der weise Gebieter durch eine ungewöhnliche Klarsicht aus. Nach langem Sinnen sagte der Scheuch:

„Ein seltsamer Gegenstand. Es ist kein Wagen, denn ihm fehlen die Räder. Es ist kein Boot, denn in der Nähe von Hurrikaps Schloß gibt es keinen Fluß. Es ist kein Meteor, denn der fliegt, heult aber nicht. Ich glaube, es ist ein fliegendes Schiff. Mit ihm sind diese seltsamen Leute hier gelandet!“

„Ruhm dem Dreimalweisen Scheuch! Ich schwöre bei allen Sturmwinden der südlichen Meere!“ sprach Tilli-Willi ganz leise, doch das genügte, damit alle Glasscheiben in den Schloßsälen klirrten. Keiner wunderte sich, aus dem Munde des Eisernen Buben das Seemannswort, das in dieser Zaubergegend so ungewöhnlich war, zu vernehmen. Tilli-Willi hatte zwar niemals das Meer gesehen, aber er hatte die Aussprüche von seinem Schöpfer, dem Seemann, gehört, damals, als der Einbeinige Charlie das Ungetüm baute. Sie hatten sich in Tilli-Willis Riesenkopf festgesetzt, und er benutzte sie des öfteren.

„Ich schwöre bei allen Zauberinnen und Hexen! Maste und Segel! Wind und Wellen! Möge mein Schiff im ersten Sturm zerschellen! Treffe mich der Donner!“, kam es stets von den Lippen des Eisernen Ritters, sobald er seinen Mund öffnete.

Der Scheuch fuhr fort:

Tilli Willi

„Woher die Fremdlinge stammen, das weiß ich nicht. Keinesfalls aus Kansas. Wenn es in Kansas solche Menschen gäbe, hätte uns Elli von ihnen erzählt.“

„Wir müssen zunächst alles sehr gründlich auskundschaften“, sagte die Krähe, „dann können wir beschließen, was wir tun.“

„Dieser Kundschafterdienst ist gefährlich“, warnte der Eiserne Holzfäller. „Die Fremdlinge sind auf der Hut. Nicht von ungefähr töten sie harmlose Vögel.“

„Unsere Kundschafter müssen klug und geschickt sein und dürfen vom Feind auf keinen Fall bemerkt werden“, stimmte ihr der Scheuch zu. Kaggi-Karr meinte:

„Ich kenne keinen, der so hervorragend dafür geeignet wäre, wie die Zwerge.“

Der Scheuch hatte ein übriges Mal Gelegenheit, den Verstand der Krähe zu bewundern. Alle stimmten ihm zu.

„Wir müssen umgehend die Zwerge benachrichtigen. Ich will zu ihnen in die Schlucht fliegen.“ Kaum hatte Kaggi-Karr ausgesprochen, da klirrten wieder die Fensterscheiben.

„Tausend Teufel!“ ließ sich Tilli-Willi vernehmen. „Wir machen's so: Ich gehe zu den winzigen Zwergen, packe so viele wie gebraucht werden ein und bringe sie zum Schloß. Dafür brauche ich sehr wenig Zeit. Ich schwöre es bei den Kuru-Kussu-Riffen und dem Anker!“

Die Ratsmitglieder billigten den Vorschlag des Riesen ohne Einwände: Man hätte kaum etwas Besseres ersinnen können. Der Eiserne Ritter schritt mit einer Geschwindigkeit von vierzig Meilen in der Stunde aus. Außerdem brauchte er ebenso wenig wie der Scheuch und der Eiserne Holzfäller Rast und Schlaf. Er konnte also pausenlos laufen. Die Reisevorbereitungen nahmen nicht viel Zeit in Anspruch: Tilli-Willi suchte sich einen Korb mit weichem Moos und ließ sich für alle Fälle gründlich die Gelenke ölen. Dafür wurde eine ganze Tonne Maschinenöl verbraucht. Dann machte sich der Eiserne Ritter über die gelbe Backsteinstraße auf den Weg.

DER GEKRÄNKTE URFIN

Das Schmausefest wurde in diesem Jahr wegen der außergewöhnlichen Ereignisse abgesagt. Seit sich die Fremdlinge im Zauberland niedergelassen hatten, war das so idyllische Leben der Einwohner gestört. Die Zwinkerer fingen an schlecht zu schlafen, weil sie vor Aufregung so häufig zwinkerten, daß ihnen die Augen vor dem Einschlafen überhaupt nicht mehr zufielen.

Die Käuer hörten auf zu essen. Sie kauten nur noch und vergaßen, das Essen zu schlucken. Was wäre das für ein Schmausefest geworden! Keiner hatte mehr Sinn dafür. Urfin kränkte das natürlich furchtbar. Er glaubte, alle hätten den guten alten Urfin Juice vergessen.

So eilte er heimwärts, um sich in aller Ruhe anzusehen, was in den Bergen so grauenerregend heulte. Im Schatten der Nacht betrachtete er das Schiff der Außerirdischen, das an ein Riesenhaus mit runden Fenstern erinnerte. Dann gab er sich wieder seinen traurigen Gedanken hin.

Kaum sind irgendwelche Leute von einem anderen Stern gekommen, da interessiert sich keiner mehr für einen einfachen Gärtner, dachte Urfin beleidigt. Dann esse ich eben allein all mein Obst.

„Bring mal die Dattelmelone her", wandte er sich an Guamoko. „Sollen die sich doch untereinander bekriegen, wir feiern jetzt unser Fest!"

Die weise Eule rollte die Wundermelone herbei. Sie war fünfmal größer als die arme Guamoko. Urfin schleppte einen Tisch aus dem Haus und hob die Wunderfrucht unter Aufbietung all seiner Kräfte darauf.

Als Urfin die Melone mit einem großen Messer zerteilte, rann der aromatische Saft in großen Tropfen an den Scheiben entlang, und Guamoko lief das Wasser im Schnabel zusammen.

Sie setzten sich an den Tisch und machten sich über die zuckersüße, saftige Frucht her.

„In diesem Jahr hast du dir ganz besonders Mühe gegeben“, lobte die Eule schließlich, als sie die Melone verzehrt hatten. „So eine süße Melone habe ich noch nie gegessen!“

Diese Worte klangen wie Musik in Urfins Ohren, doch er antwortete nicht. Kaum war er unter seine Bettdecke geschlüpft, da schlief er auch schon ein. Was träumte er bloß alles in dieser Nacht: Ganze Heere von Außerirdischen bedrängten von allen Seiten sein Haus mit dem Garten, streckten ihre langen abscheulichen Fangarme nach ihm aus und kreischten:

„Wo steckt dieser Urfin, wir wollen ein Schmausefest!“

Um den Fremdlingen nichts abgeben zu müssen, be-

gann Urfin eine Melone nach der anderen zu verschlingen. Die treue Guamokolatokint rollte immer neue herbei. Urfin hatte bereits so viele in sich hineingestopft, daß er sich nicht mehr rühren konnte. Da zerteilte die Eule selbst eine Melone und schoß ihm die Scheiben in den Mund.

„Ich platze doch!“ schrie Urfin und erwachte.

Der Gärtner lief in den Hof, doch dort war alles still. Weit und breit waren keine Außerirdischen zu sehen, und auf dem Tisch lagen friedlich die Reste der Wundermelone. Guamoko saß neben den Melonenschalen auf dem Tisch. Das eine Auge hatte sie schon geöffnet. Als sie ihren Herrn sah, stellte sie sich jedoch sofort schlafend. Denn Urfin zwang sie stets am Morgen zu irgendwelchen Handreichungen. Sie mußte die Raupen aufpicken oder die Vögel aus dem Garten verscheuchen. Doch jetzt hatte der Gärtner keinen Blick für die Eule. Er richtete seinen Schubkarren her, reparierte ihn an verschiedenen Stellen, wischte ihn aus und belud ihn mit Obst.

„He, Guamoko, hör auf, dich zu verstellen“, brabbelte er verdrossen. „Ich sehe doch, daß du ein Auge offenhältst.“

Die Eule antwortete beleidigt:

„Das hat gar nichts zu sagen, ich schlafe.“

„Wie du willst, dann gehe ich halt allein.“ Und Urfin schob den Schubkarren an.

„Eilst dich umsonst, lieber Herr, das Fest zu Ehren deiner Früchte findet sowieso nicht statt. Die Zeiten sind nicht danach“, rief ihm Guamoko nach, ohne die Augen zu öffnen.

Urfin wußte, wohin er seine Schritte richten mußte. Allen Einwohnern des Zauberlandes vom Norden bis zum Süden und vom Westen bis zum Osten war bekannt, daß sich die Fremdlinge in Hurrikaps Schloß niedergelassen hatten.

DIE ZWERGE ALS KUNDSCHAFTER

Ein Tag folgte dem anderen, die Arsaken hatten bereits aufgehört, sie zu zählen. Sie werkten unermüdlich und rechneten die Zeit nach der Anzahl der vermauerten Ziegelsteine, der Tiefe der angelegten Brunnen und der Zahl der gefällten Bäume.

Von früh bis spät leitete Ilsor die Bauarbeiten und bediente zwischendurch noch seinen General.

Die Reparaturwerkstätten waren errichtet, die Montage der Wetterwarte und die Montage der Flugmaschinen ging ihrem Ende entgegen.

Die kleinen aber schnellen Helikopter sollten nur nachts eingesetzt werden. Dank einer neuen geräuschlosen Konstruktion vernahm man, wenn sie flogen, nur ein leises Surren, wie Insekten es von sich geben, wenn sie ihre Flügel ausbreiten. Wer würde in der Dunkelheit schon undeutliche, geflügelte Silhouetten beachten, die surrend zwischen den Wolken am Himmel dahinglitten? Schlimmstenfalls würde man sie für Nachtvögel halten, die auf Jagd ziehen ...

Bisweilen kontrollierte Baan-Nu persönlich die Arbeiten. Dann folgte Ilsor unhörbar wie ein Schatten seinem Herrn, reichte ihm dienstbeflissen Notizbuch und Bleistift und berichtete untertänig vom Verlauf der Arbeiten. Er erklärte, warum einige Korrekturen an den ursprünglichen Plänen vorgenommen werden mußten. Auf Ilsors Weisung wurden Startplätze für die Helikopter angelegt. Es waren denkbar einfache und deshalb zuverlässige Anlagen. Eigentlich gar keine Anlagen, sondern gerodete runde Waldwiesen. Der Wald wurde einfach kahlgeschlagen. In der Mitte so eines Kahlschlags stand der Helikopter. Er wurde mit einem Tarnfilm zugedeckt, einer riesigen Farbfotografie, die von der Gegend angefertigt worden war, bevor man Bäume und Sträucher gefällt hatte. Dieser Tarnfilm hob und senkte sich bei der leisesten Windbewegung, was ihn dem Walddickicht täuschend ähnlich machte. Wenn man an einer Schnur zog, wurde der Tarnfilm abgeworfen, und der Helikopter kam zum Vorschein.

Der Tarnfilm diente aber nicht nur zur Tarnung. Er schützte den Helikopter auch vor den glühendheißen Sonnenstrahlen und bei schlechtem Wetter gegen Regen. Neben jeder Startwiese war ein Zelt für die Piloten aufgestellt, wo sie sich in den Ruhepausen zwischen den Flügen bei einer Tasse Tee erfrischen konnten.

Baan-Nu war mit Ilsor zufrieden. Die Arbeiten unter Leitung des klügsten und gehorsamsten der Arsaken lief wie am Schnürchen. Die Arbeiter vollbrachten wahre Wunder.

Außer der Aufsicht über die Arsaken hatten die Menviten noch eine andere Aufgabe. Sie begannen jeden Tag mit sportlichen Übungen. Sie übten sich im Laufen und Springen, sie turnten am Reck und veranstalteten Ballspiele auf den Wiesen, wobei sie das seidige Gras von Hurrikap und die weißen, rosa und blauen Zauberblumen achtlos niedertraten. Sie führten auch Wettkämpfe durch, während sie sich zum Kampf gegen die Erdbewohner rüsteten. Ein Wettkampf, den die Außerirdischen besonders liebten, war der Muskelwettstreit. Als Sieger gingen diejenigen aus ihm hervor, die am besten trainiert waren: Ihre Muskeln mußten wie Bälle unter der Haut spielen, sie mußten sich überhaupt durch erstklassige Körperbeherrschung auszeichnen.

Baan-Nu verbrachte seine Zeit hauptsächlich im Schloß. Die Renovierung von Hurrikaps Wohnstätte ging dem Ende entgegen. Die Privatgemächer des Generals und sein Arbeitszimmer sowie die Wohnzimmer für die übrigen Menviten waren längst fertig. Man hatte Kamine aufgestellt, so daß es nachts in den Räumen genau so warm war wie in den Häusern auf Rameria. Die Menviten brauchten nun nicht mehr zu frieren.

Der General zog sich gern mit seiner roten Aktentasche, die er nach wie vor nicht aus der Hand gab, in sein Arbeitszimmer zurück.

„Nun, da ich auf dem von Dir gewiesenen Wege wandle, oh Großer Guan-Lo..." Das waren die Worte, mit denen Baan-Nu Tag für Tag die Arbeit an dem historischen Werk „Die Eroberung der Belliora" fortzusetzen pflegte. „Wie viele Tage wird Belliora nun schon das große Glück zuteil, daß die besten Vertreter von Rameria unter Führung des würdigsten aller Generale, Baan-Nu, auf ihr weilen!"

Wenn der General so bemerkenswerte Worte niederschrieb, geriet er nicht einmal ins Schwitzen. Nachdem er die letzte Zeile noch einmal gelesen hatte, richtete er sich auf und nahm die Lieblingshaltung des Allerwürdigsten an: Er stützte das Kinn in die Hand und hob den Blick gen Himmel. Dann wischte sich Baan-Nu mit einem zarten Spitzentüchlein die Stirn, griff aufs neue zum Kugelschreiber und kam zum Bedeutsamsten: Wie er nämlich den fremden Planeten erobert hatte. In diesem Zusammenhang vergaß er übrigens nicht, auf die Beschreibung der Natur einzugehen.

Er schrieb über Belliora: „Ein duftender, blühender Garten, der paradiesischste Winkel, den man sich nur vorstellen kann."

Dann begann er mit seinen Gruselgeschichten. So finstere Wälder wie auf der Erde hatte er nämlich noch nie gesehen.

„Die Unterwerfung der Belliora muß mit der Vernichtung des Urwalddickichts, mit der Ausrottung der Wildtiere begonnen werden. Sie treiben sich haufenweise in den Wäldern herum, heulen, trompeten, miauen und bellen fürchterlich", schrieb Baan-Nu, überwältigt von seiner eigenen Phantasie. „Das Ganze hört sich an wie eine Sinfonie wilder Schreie. Und erst die Augen dieser Tiere! Sie wirken wie ganze Heere leuchtender grüner Feuer, die heller glänzen als die Smaragde auf den Türmen der wunderbaren Stadt. Solche Smaragde kennen wir bei uns nur von den Zeichnungen unserer Kinder."

Baan-Nu ließ seiner Phantasie ungehemmt ihren Lauf und beschrieb schreckliche Ungeheuer mit Riesenhauern und zottigen Tatzen, die ihm furchtbare Kämpfe lieferten. Selbstverständlich ging er stets als Sieger daraus hervor.

Kanonen, Kriegsschiffe und Befestigungen, so wie der General sie aus dem Sternschiff gesehen hatte, erwähnte er wohlweislich nicht. Dann hätte er schließlich auch von den militärischen Operationen berichten müssen, die er mit seinen tapferen Fliegern durchführte. Hier aber mußte er bei der Wahrheit bleiben und durfte nicht phantasieren.

Über die Einwohner von Hurrikaps Land berichtete der General auch nichts, außer daß das Land von Riesen bewacht wurde. Den Kampf gegen einen dieser Riesen, dessen Wohnstatt die Menviten erobert hatten, begann Baan-Nu heute zu beschreiben. Er ließ sich gerade darüber aus, was dieser Riese für Töpfe besessen hatte, – jeder so groß wie ein Schwimmbad und was für Schränke – hoch wie ein vierstöckiges Haus, als jemand auf unverschämteste Weise ihm den Bogen Papier mit der Beschreibung dieses bedeutenden historischen Ereignisses aus der Hand riß und durchs offene Fenster verschwand. Der General war so frappiert über diesen frechen Diebstahl, daß er erst im letzten Moment das schwarze Vogelgefieder bemerkte. Vor seinen Augen hatten Ringe, mit Edelsteinen besetzt, gefunkelt, und der General hätte schwören mögen, daß er sie auf Vogelkrallen gesehen hatte. Aber er war sich dessen nicht so ganz sicher. Er war nicht einmal dazu gekommen, die Strahlpistole aus dem Tischkasten zu ziehen. Statt dessen nahm er nun einen sauberen Bogen Papier aus der Aktentasche, und sein Kugelschreiber glitt geschwind über das Papier: Baan-Nu schilderte seinen Kampf gegen einen furchtbaren Drachen, an dessen Krallen edelsteinbesetzte Ringe funkelten.

Diese Episode mit dem Vogel dämpfte jedoch keineswegs das Triumphgefühl, das Baan-Nu erfüllte. Es war, als habe der General bereits alles auf Belliora erreicht, was zu erreichen er beabsichtigte, und alle Lebewesen besiegt.

Eine nicht unwichtige Rolle dabei spielte Baan-Nus übermäßig entwickelte Phantasie. Der neue Planet gefiel ihm immer besser, mit seinem Manuskript kam er gut voran, und so wuchs auch seine Selbstsicherheit zusehends. Der Menvite konnte sie beim besten Willen nicht verbergen, selbst wenn Ilsor mit Limonade oder Kaffee auf dem Tablett im Arbeitszimmer erschien. Immer herablassender klopfte der General seinem Diener auf die Schulter und fragte selbstzufrieden:

„Na, Ilsor, haben wir nicht gut daran getan, daß wir auf Belliora gelandet sind?"

Beflissen entgegnete der Sklave:

„Die Meinung meines Herrn ist auch meine Meinung." Und er verneigte sich ehrfurchtsvoll.

Baan-Nu lächelte:

„Ja, Ilsor, ich weiß, du bist mir der treueste Diener.“

Der Anführer der Arsaken verbeugte sich erneut, um sein spöttisches Lächeln zu verbergen.

Auch Ilsor machte sich Gedanken, doch nicht über die Verherrlichung des Rameria-Generals. Mehrmals schon hatte er die Grenzen von Ranavir verlassen, kaum daß Baan-Nu in den sorglosen Schlaf des Siegers gesunken war. Sieger schlafen nämlich früh ein.

Eines Tages gelangte Ilsor auf seiner Wanderung bis in ein Dorf der Erzgräber. Auf leisen Sohlen näherte er sich einem Häuschen und blickte durchs Fenster. Er vernahm das Klappern des Webstuhls, das wie zarte Musik an sein Ohr drang, und erblickte den Weber, einen kräftigen, beweglichen Greis. Der Weber trat zu einem Hutzelweiblein, anscheinend seiner Frau, und reichte ihr einen leeren Topf. Er sagte etwas, offenbar ging es ums Nachtmahl. Wahrscheinlich liebte er seinen Webstuhl, doch das Essen vergaß er darüber nicht. Aufmerksam lauschte der Arsake der Unterhaltung der beiden Alten.

Der Weber sagte:

„Koch uns ein Hühnchen, Elvina, wir haben ja so viele.“

Elvina entgegnete:

„Es ist noch zu früh, sie zu schlachten. Sie sind doch so klein.“

Wenn Ilsor wenigstens etwas von ihrer Unterhaltung verstanden hätte! Die Worte, die er vernahm, erschienen ihm nur wie leises Murmeln. Ähnlich empfanden die Vögel die Unterhaltungen der Außerirdischen. Der Anführer der Arsaken erkannte, was für eine hohe Barriere zwischen ihm und den Erdbewohnern aufragte. Wie soll man sich ohne Kenntnis der fremden Sprache miteinander verständigen?

Heute nun verließ Ilsor das Schloß in einer anderen Richtung. Er ging zu den Weltumspannenden Bergen und gelangte zu Urfins Wohnstatt. Auch hier verstand er kein Wort von der Unterhaltung, die der Erdbewohner mit einer Eule führte. Doch er machte dafür eine andere erstaunliche Entdeckung: Der Erdbewohner und die Eule sprachen miteinander!

Verwundert überlegte der Anführer der Arsaken: Ob das ein abgerichteter Vogel war? Doch er schien nicht wie ein Papagei auswendig gelernte Wörter nachzuplappern. Der Vogel sprach. Der Vogel dachte also.

Tilli-Willi hatte inzwischen die Schlucht der Zwerge erreicht, die nach dem Tod der Zauberin Arachna als freie Menschen im Zauberland lebten. Ihre einzige Pflicht, die sie als angenehm empfanden, war, im Auftrag des Scheuchs die Chronik zu führen.

Der Eiserne Ritter streckte sich in seiner ganzen Länge auf dem Erdboden aus. Er war zwar schwer, doch die Federn, die ihm der Seemann Charlie und die Meister aus dem Volke der Zwinkerer eingezogen hatten, funktionierten tadellos, Tilli-Willi konnte sich ohne Schwierigkeiten rasch hinlegen und genauso rasch wieder aufstehen, und keine Feder quietschte dabei.

So leise, wie er nur konnte, rief der Eiserne Ritter nach dem ältesten der Chronikschreiber:

„He, Kastaglio! Alter Freund! Donner und Blitz! Zwerge! Kommt aus eurer Höhle! Ich muß mit euch reden, freß mich der Hai!"

Die Zwerge ließen nicht auf sich warten. Sie umringten

Tilli
willi

den Riesen, dessen Augen so gefährlich hin und her rollten, von allen Seiten.

Tilli-Willi sprach zu den Zwergen:

„Man erwartet von euch in der Smaragdenstadt einen wichtigen Dienst. Der Scheuch hält euch für die besten Kundschafter. Ihr sollt die Wahrheit über die Fremdlinge herausfinden."

„Der Wunsch des Dreimalweisen Scheuchs ist uns Befehl", ließ sich Kastaglio vernehmen. „Wir erfüllen diesen Auftrag aus freien Stücken. Wie können wir abseits stehen, wenn der Smaragdenstadt Gefahr droht?"

Im Handumdrehen waren die Gnome bereit. Sie nahmen keine Rucksäcke mit Kleidern und Fallen mit sich, um Hasen zu erlegen. Das alles würden sie kaum gebrauchen können. Sie wollten schließlich nicht auf Wanderung gehen, sondern sollten einen besonders wichtigen Auftrag erfüllen. Alles, was ihnen bei so einem Kundschafterdienst hinderlich sein konnte, mußten sie also daheim lassen. Sie beschlossen sogar, ihre Kleider unterwegs in den Bächen zu waschen. Selbst in friedlichen Zeiten ernähren sich die Zwerge bekanntlich am liebsten von Nüssen und Beeren. Die würden sie in den Wäldern sammeln. Nur Zahnbürste und Seife steckten die kleinen Kundschafter ein, denn sie waren sehr eigen. Vor allem aber vergaßen sie nicht, ihre grauen Kapuzenumhänge anzulegen. Wenn sich ein Zwerg von Kopf bis Fuß in so einen Umhang wickelte und sich zusammengerollt in eine Grube legte oder wie ein Pflock am Wegesrand aufragte, war er kaum von einem Schwefelstein zu unterscheiden, wie es sie so viele in den Hainen des Wunderlandes gab. Nicht von ungefähr pflegte Kastaglio zu wiederholen:

„Wir sind einfach unübertrefflich in der Tarnung.“

Mehrere hundert Zwerge, so viele, wie Platz fanden, kletterten in den mit weichem Moos ausgelegten Korb. Kastaglio hatte wie stets den Befehl übernommen.

Der langbeinige Ritter legte in wenigen Minuten die große Entfernung zurück und brachte das scharfäugige Heer in den Wald zum verlassenen Schloß. Die Zwerge zerstreuten sich in alle Richtungen und drangen bald an verschiedenen Stellen auf das Territorium der Außerirdischen vor.

Die Fremdlinge wußten es nicht, doch was auch immer die von den Menviten befehligten Arsaken tun mochten – ob sie Startplätze für die Helikopter bauten, Brunnen ausschachteten oder Essen zubereiteten –, überall beobachteten sie fortan aufmerksame Knopfaugen. Die Zwerge lugten aus dem Strauchwerk hinter den Steinen hervor, sie

kletterten auf die verschiedensten Aggregate, die aus der „Diavona“ ausgeladen wurden. Besonders mutige schlichen sich unter Leitung von Kastaglio sogar in das Raumschiff und untersuchten gründlich die gesamte Ausrüstung, ohne allerdings etwas von der Technik zu verstehen.

Mitunter hörten die Fremdlinge schlurfende Laute in ihrem Lager, doch selbst der aufmerksamste Menvite, der auf Posten stand, dachte bei sich, daß da irgendein Insekt mit den Flügeln surrte oder ein Käfer raschelnd vorüberkroch. Auf einen anderen Gedanken kam keiner.

Die Zwerge schrieben ihre Beobachtungen fein säuberlich auf winzige Papierstückchen nieder. Auch ihre Bleistifte waren winzig klein. Keiner außer den Besitzern hätte sie benutzen können.

Die Meldungen der Zwerge waren für die Vögel sehr leicht zu befördern. Umgehend brachten sie sie in die Smaragdenstadt. Kastaglio wickelte sie nämlich zu kleinen Rollen auf und befestigte sie mit Gräsern an den Pfoten der Spottdrossel, des Seidenschwanzes und des Gold-

spechtes, die die Botenflüge übernahmen. Doch wäre es sicher sehr schwierig gewesen, die Nachrichten zu entziffern, wenn der Erfinder, Meister Lestar, und Rushero nicht ein Mikroskop aus mehreren Vergrößerungsgläsern und einigen Wassertropfen konstruiert hätten. Der Scheuch hätte sie sonst selbst bei größter Konzentration, wenn alle Nadeln aus seinem Kopf stachen und abstanden wie bei einem Igel, kaum lesen können.

Tilli-Willi fand eine Stelle, wo er sich im tiefsten Wald, weit fort vom Schloß versteckte. Dort hatte Hurrikap in längst vergangenen Zeiten einen Pavillon erbaut, in dem er auf seinen Spaziergängen rastete. Tilli-Willi, der die Depeschen des Scheuchs zustellte, ließ sich nun in diesem Pavillon nieder und beobachtete aufmerksam den Weg, damit ihn kein Außerirdischer, der sich zufällig hierher verirrte, entdecken könnte. Schlimmstenfalls sollte der Ritter den Fremdling gefangennehmen, ihn fesseln und in den Smaragdenpalast bringen.

Nach wie vor verfaßten der Feldmarschall oder der Torhüter für den Gebieter die Befehle. Der Scheuch las zwar gut, das Schreiben aber hatte er doch nicht erlernen können. Das passiert mitunter im Zauberland.

Der Scheuch und seine Freunde waren über alles informiert, was sich vor Hurrikaps Schloß abspielte. Nur konnten sie nicht begreifen, weshalb die Außerirdischen ausgerechnet in diese einsame Gegend vorgedrungen waren. Häufig saßen der Scheuch und der Eiserne Holzfäller vor dem Bildschirm des Zauberkastens und beobachteten aufmerksam die arbeitenden und die befehlenden Fremdlinge. Doch das brachte sie keiner Erklärung näher.

Inzwischen hatten die Zwerge die Außerirdischen überall unter Beobachtung gestellt. In den Gesprächen der Fremden wiederholten sich besonders häufig zwei Wörter: Menviten und Arsaken. Der weise Kastaglio brauchte nur wenig Zeit, um herauszufinden, daß die Herren als Menviten und die Sklaven als Arsaken bezeichnet wurden. Oft wiederholte sich auch das Wort Rameria, wobei der Sprechende meist zum Himmel aufschaute. Kastaglio versuchte dem Blick des Außerirdischen zu folgen, sah ebenfalls zum Himmel, und da dies auch des Nachts geschah, erblickte er wiederholt den Mond. Deshalb dachte der weiseste der Zwerge, daß Rameria in der Sprache der Fremdlinge Mond bedeute. Von dort waren sie nach Kastaglios Ansicht zur Erde geflogen.

DIE ENTFÜHRUNG DES MENTACHO

Es gab eine Zeit, da tief unter dem Wunderland in einer großen Höhle Menschen lebten. Sie hießen Erzgräber, weil sie in den Schächten Metall und Edelsteine abbauten. Man nannte sie auch die Unterirdischen, weil sie im Erdinnern lebten und arbeiteten.

Viele Jahrhunderte arbeiteten die Unterirdischen Erzgräber im Schweiße ihres Angesichts, fristeten jedoch ein kärgliches Leben. Sie wurden nämlich von sieben faulen Königen regiert, die selbst nichts taten, dafür aber ein Leben voller Prunk führten und auch ihre ganze Armee von Bediensteten zu Nichtstuern erzogen hatten.

Zum Glück für die Erzgräber kamen eines Tages Elli und ihr Cousin Fred in die Höhle, denn sie wurden auf dem Ausflug zu einer Höhle verschüttert und dann von einem unterirdischen Fluß zu den Erzgräbern getragen.

Damals nahm die Macht der sieben Könige ein Ende. Der Weise Scheuch hatte einen klugen Einfall gehabt: Er brachte die Erzgräber auf den Gedanken, den Herrschern Schlafwasser zum Trinken zu reichen. Als sie aus dem Schlaf erwachten, hatten die Könige alles vergessen, so daß man ihnen einreden konnte, sie hätten früher das einfache Leben von Handwerkern geführt: Der eine sei Weber, der andere Hufschmied, der dritte Ackerbauer gewesen...

Die Erzgräber verließen die Höhle und errichteten in der Nachbarschaft der Käuer unter der heißen Sonne des Zauberlandes ihre Dörfer. Sie trieben so wie die anderen Einwohner in Hurrikaps Land Ackerbau. Reihum zogen sie in Brigaden in die Schächte, um Kupfer, Eisen und andere Metalle abzubauen, ohne die kein einziger Staat auszukommen vermag.

Mentacho war einstmals der hochmütigste unterirdische König gewesen, der besonders stolz auf seine hohe

Abkunft war. Der ehemalige König, der jetzt Weber war, und seine Frau, die alte Elvina, bewohnten ein kleines schmuckes Häuschen im Dorf der Erzgräber. Sie hatten sich gut eingelebt. Diese beiden nun hatte Ilsor auf seinem Kundschaftergang entdeckt.

Tagsüber arbeitete Mentacho an seinem Webstuhl. Wenn er einmal nichts tat, so sehnte er sich nach dem Klappern, denn er fand, daß es nichts Schöneres gab als den Webstuhl. Abends trat er vor sein Häuschen, um mit den Nachbarn zu schwatzen. Elvina machte sich in der Wirtschaft zu schaffen, arbeitete im Garten und züchtete Hühner und Enten. Beide waren mit ihrem Schicksal zufrieden und hatten völlig vergessen, daß sie einstmals Königsmäntel getragen und Hunderte von Menschen regiert hatten.

Eines Morgens, als Mentacho und Elvina beim Frühstück saßen, wurde plötzlich die Haustür aufgerissen. Ein Unbekannter in ledernem Overall trat gebückt in die Stube, denn er war von sehr hohem Wuchs. Er blickte sie mit gebieterischem Auge an; Mentacho und Elvina vermochten es nicht, sich diesem Blick zu widersetzen. Sie hoben die Augen zu dem Unbekannten und blickten ihn starr vor Schreck an. Nicht einmal zu einem Aufschrei reichte ihnen die Kraft.

Der Fremde, es war Mon-So, packte mit einer Hand den an sich nicht kleinen Mentacho, hob mit der anderen Elvina wie ein Federchen in die Luft und schubste beide vor sich her auf die Straße. An der Vortreppe erblickten der Weber und seine Frau eine unbekannte Maschine, doch der Fremde ließ ihnen keine Zeit, sie genauer zu betrachten. Er stieß die alten Leutchen in die Kabine,

klappte die Tür zu, und die Maschine stieg in die Lüfte auf. Elvina war zu Tode erschrocken, auch Mentacho war unruhig. Alles Ungewisse schreckte ihn.

Nach einiger Zeit begann Mentacho zu überlegen. Er war früher häufig auf Drachen geflogen, und ihm schien, daß das, was er jetzt mit Elvina erlebte, einem Flug gleiche.

Mentacho redete also begütigend auf seine Frau ein:

„Hab keine Angst, Altchen, dieses Ding, dieses Tier, das uns jetzt trägt, ist wahrscheinlich eine Art Drachen. Sein Besitzer wird uns kaum Böses tun. Weshalb sollte er das am Himmel machen? Wir sind einfach gefangen genommen, wenngleich ich nicht recht verstehe, wozu man uns brauchen sollte."

Die Worte ihres Mannes beruhigten Elvina ein wenig. Verstohlen blickte die Alte sogar aus dem Fenster, auf Felder und Wälder, die undeutlich unter ihnen in der Tiefe dahin glitten.

Sie flogen eine Stunde oder etwas länger, jedenfalls gelangte der Helikopter, den Mon-So lenkte, nach Ranavir.

Die Maschine glitt langsam zur Erde, und Mentacho erblickte ein Schloß. Das konnte nur die Wohnstatt von Hurrikap sein, wo sich die Außerirdischen niedergelassen hatten.

Mentacho und Elvina wurden in das Arbeitszimmer des Generals geführt.

Ein Lichtstrahl, der durch die rosa Glasscheiben fiel, erhellte die schlanke Gestalt des Menviten und glitt über seine gold- und silbergestickten Orden. Vielleicht erschien Mentacho und Elvina der Außerirdische aus diesem Grunde so strahlend. Es kam ihnen vor, als ginge von seinem Antlitz, seinem Haar und seinem Bart ein ganz besonderes Leuchten aus.

Der Flieger meldete:

„Unternehmen erfolgreich abgeschlossen, mein General."

„Schon gut, Mon-So, führe sie näher heran."

Als die Gefangenen näher traten, wurde Baan-Nu unsicher. Er hegte sogar den Verdacht, daß man ihm keine gefangenen Bellioren vorführte, sondern verkleidete Arsaken. Sie waren nur von anderer Hautfarbe, glichen sonst aber den Sklaven der Menviten wie Brüder.

Doch ein Fehler war ausgeschlossen. Den Auftrag hatte der getreue Mon-So ausgeführt. Die verblüffende Ähnlichkeit von Bellioren und Arsaken verwirrte den General allerdings.

Mentacho fühlte den aufmerksamen Blick von Baan-Nu auf sich gerichtet, fürchtete jedoch, ihn anzublikken. Aber er wußte: Man muß der Gefahr ins Auge blikken, nur dann wird sie weniger gefährlich. Mit großer Überwindung hob er also den Kopf. Das war Mentachos entscheidender Fehler, lag doch die größte Gefahr für alle Geschöpfe im Blick der Menviten. Nun vermochte der Weber nicht mehr seine Augen vom Gesicht des Generals abzuwenden. Eine geheimnisvolle Kraft schien ihn zu fesseln, und entgegen seinem eigenen Willen blickte er den Außerirdischen an, als erwarte er einen Befehl, den auszuführen er sofort bereit war.

Mentacho dachte: Was ist nur mit mir, warum wird mir so seltsam? Ich scheine nicht mehr zu sehen und zu hören. Und es ist, als versage mein Wille. Ich scheine gar einzuschlafen. Bei diesem Gedanken mußte er tatsächlich gähnen. Das geht doch nicht, das geht ja einfach nicht,

dachte Mentacho und kämpfte mit letzter Kraft gegen den Schlaf an, der ihn zu übermannen drohte.

Doch der Menvite hatte gar nicht daran gedacht, dem Weber Befehle zu erteilen. Er überlegte, und sein nachdenklicher Blick blieb zufällig auf Mentachos Gesicht haften. Der General grübelte noch immer über die verblüffende Ähnlichkeit zwischen den Arsaken und seinen Gefangenen hier nach. Ob ihre Vorfahren in fernen Zeiten vielleicht von einem Planeten zum anderen übergesiedelt waren?

Endlich riß sich Baan-Nu zusammen: Ich muß anfangen zu handeln, dachte er. Wir müssen die Erdenbürger so rasch wie möglich unterwerfen. Sonst erkennen die Arsaken in ihnen am Ende Verwandte und schlagen sich auf ihre Seite! Aber das dürfte eigentlich ausgeschlossen sein. Die Arsaken sind schließlich unsere Sklaven und äußerst gehorsam. Das Gesicht des Generals verfinsterte sich. Eiskalt befahl er Mon-So, die Gefangenen abzuführen. Mentacho und Elvina wurden in einen Raum gesperrt, der aussah wie ein Schuppen. Hier lagen Einzelteile von einer Maschine herum, und die beiden Alten seufzten leise vor sich hin und grübelten darüber nach, welches Los sie erwartete.

DIE SPRECHMASCHINE

Mentacho erwachte in einer kleinen Stube. Sie war zweckmäßig eingerichtet. An den Wänden standen zwei Betten, in der Mitte ein Tisch und ein paar Stühle, und die gegenüberliegende Wand nahm ein kleiner Geschirrschrank ein. Das war alles. Nein… Als Mentacho sich umschaute, gewahrte er hinter sich in der Ecke einen seltsamen Gegenstand, der an einen kleinen Konzertflügel erinnerte und aus dem ein undeutliches Rauschen und leises Quäken ertönte. Ohne lange zu überlegen, setzte sich der Weber an den reichgedeckten Tisch, denn er verspürte großen Hunger.

Als Elvina Platz nahm, konnte sie sich nicht enthalten zu fragen:

„Wo sind wir bloß, mein Gott?“

„Wo sind wir bloß, mein Gott?“ wiederholte irgend jemand, und Elvina und Mentacho blickten sich um. Doch außer ihnen war keine Menschenseele im Raum.

Sie frühstückten schweigend. Als Mentacho fertig war, besserte sich seine Stimmung wie immer nach einem schmackhaften Essen, besonders wenn es Kuchen und Schlagsahne gab wie heute. Er lehnte sich auf seinem Stuhl zurück und sagte befriedigt:

„Hab keine Angst, Altchen, wir machen's schon noch ein Weilchen."

Wieder blinkte die Maschine, die an einen Konzertflügel erinnerte, und knackte, und aus ihr drang eine Stimme, die Mentachos glich:

„Hab keine Angst, Altchen, wir machen's schon noch ein Weilchen."

„Mein Gott, was ist das bloß?" rief Elvina erschrokken.

Und auch die Maschine rief mit zartem Stimmchen:

„Mein Gott, was ist das bloß?"

Mentacho überlegte und begriff plötzlich:

„Ich hab's: Das ist eine Sprechmaschine."

Sofort wiederholte die Maschine seine Worte. Mentacho trat ans Fenster. Es war mit einem feinen Metallnetz bespannt. Nun gab es keinen Zweifel mehr, sie waren gefangen.

Es knackte erneut in der Maschine, blinkte dreimal auf, und mehrstimmig ertönten die Worte:

„Keine Angst, mein Gott, ich hab's, Altchen. Wir machen noch ein Weilchen, Sprechmaschine... Mein Gott, wo..."

Die Maschine baute die Sätze in der Sprache der Erdbewohner auf, verwendete dabei die gehörten Worte und

stellte sie um wie Kinder ihre Würfel auf dem Fußboden. Einige Sätze ergaben nichts Gescheites, andere hatten einen Sinn.

Der ehemalige König und seine Frau merkten schließlich, weshalb man sie entführt hatte. Mit ihrer Hilfe wollten die Fremdlinge offensichtlich die Sprache der Erdbewohner erlernen. Der findige Mentacho wurde unruhig. Wenn die Fremdlinge die Sprache der Einwohner des Zauberlandes erlernen wollten, so bedeutete das, daß sie sich hier für längere Zeit niederzulassen gedachten. Mentacho erinnerte sich des Blickes dieses Anführers der Außerirdischen, dem er und Elvina vorgeführt worden waren. Den Weber überlief eine Gänsehaut. Vor so einem Blick gab es keine Rettung.

Mentacho dachte bei sich: Ich werde versuchen, ihm einmal nicht in die Augen zu blicken. Ich muß alles herausfinden, so wahr ich Mentacho heiße.

„Mich führt man nicht hinters Licht“, sagte der ehemalige König laut.

„Mich führt man nicht hinters Licht“, wurde seine Stimme wiederholt.

„Was hänselst du mich?“ Mentacho verlor die Geduld.

„Was hänselst du mich?“ echote die Maschine.

Mentacho winkte ab: „Na schön, mit dir werden wir auch fertig.“

Die Maschine wiederholte auch diese Worte, und dann trat Schweigen ein.

Die Sprechmaschine hatte bislang nur wenig Wörter der Erdbewohner gespeichert, und sie wartete, daß die Gefangenen wieder anhöben zu sprechen. Mentacho wollte jedoch seinen Entführern keinen Dienst erweisen. Er hätte am liebsten bis in alle Ewigkeit geschwiegen. Aber ob er wollte oder nicht, er mußte sich schließlich mit seiner Frau unterhalten. Die Außerirdischen hatten sehr schlau gehandelt, als sie ein Ehepaar entführten.

Doch nicht nur die Sprechmaschine wartete. Auch General Baan-Nu wartete auf neue Meldungen über die Gefangenen. Wie immer war er mit seinem Lieblingswerk beschäftigt, er schrieb an dem historischen Buch „Die Eroberung der Belliora“.

Der General begann eine neue Seite: „Ich fahre also in meiner Beschreibung fort. Nachdem mich der Drachen besucht hatte...“, hier wurde Baan-Nu nachdenklich. Heute bewegten ihn die Meldungen über die Sprechmaschine und die Gefangenen mehr als die eigene Phantasie. Doch sie wäre unerschöpflich gewesen, wenn der General nur gewußt hätte, wie nahe er der Wahrheit war: In Hurrikaps Land gab es in der Tat Drachen.

Hungrig verschlang die Maschine alle Wörter der Erdbewohner. Gegen Abend hatte sie bereits mehrere hundert gespeichert. Nun begann sie den Sinn einiger Wörter zu erraten. So sprach sie beispielsweise das Wort „Brot“ aus, wonach man sofort hörte: „Nobar.“ Nach dem Wort „Wasser“ hieß es plötzlich „Essor“. Mentacho hörte zu und behielt unwillkürlich die Wörter in Erinnerung.

„Brot heißt also Nobar“, brummte er, „und Wasser – Essor.“

Das Gedächtnis des Webers wurde um immer neue menvitische Wörter bereichert. Da erkannte er, daß er im Begriff war, Dolmetscher zu werden.

Innerlich widersetzte er sich jedoch: Dienen werde ich den Fremden nicht. Dabei prägte er sich weitere Wörter ein. Und wenn ich diesen Quatschapparat zerschlage? Mentacho drehte den Tisch bereits um, besann sich jedoch im letzten Moment. Er war immerhin ein Gefangener der Fremdlinge. Wenn er sich ihnen nicht unterwarf, so würden sie unweigerlich etwas gegen ihn unternehmen. Vor allem aber fürchtete Mentacho für Elvina. Er liebte seine Frau von Herzen.

„Na schön, wenn es denn sein muß, so werde ich ihre verfluchte Sprache erlernen!“ rief der Weber zornig aus. „Vielleicht wird sie mir nützen.“

Der Riegel knackte, die Tür öffnete sich, und ein Mann trat ein. Er stellte Erfrischungsgetränke und belegte Brote auf den Tisch, wies dann mit dem Finger auf sich und stellte sich vor:

„Ilsor.“

„Ilsor“, wiederholte die Maschine in der Ecke. Wenn

nicht Ilsors bleiche Hautfarbe gewesen wäre, so hätten Mentacho und Elvina ihn sicher für einen Einwohner des Zauberlandes gehalten: Er hatte ein offenes Gesicht, gütige Augen und wirkte vertrauenerweckend.

Mentacho stellte Elvina und dann sich selbst vor.

Ilsor öffnete die Tür, blickte sich hastig um und gab Mentacho ein Zeichen, ihm zu folgen. Elvina wollte gern mitgehen, doch Ilsor schüttelte schweigend den Kopf. Der Cheftechniker der Arsaken führte Mentacho in das Dikkicht in der Nähe des Schlosses und wies auf einen Haufen grauer Steine, die dort ordentlich gestapelt lagen.

„Verzage nicht, Mentacho. Halte durch“, vernahm er ein Flüstern, das aus dem Erdboden zu kommen schien.

Mentacho, der den Ausspruch des Riesen von jenseits der Berge erkannt hatte, betrachtete die Steine genauer. Ein Stapel bewegte sich leise, und der Weber erblickte zu

seinen Füßen einen winzigen Greis mit langem schlohweißem Bart.

Der Alte stellte sich vor:

„Ich bin Kastaglio, der Älteste unter den Zwergen. Ich habe dir Nachricht vom Scheuch gebracht. Dir, Mentacho, ist die Ehre zuteil geworden, zum Auge und Ohr der Erdbewohner im feindlichen Lager zu werden.“

Der verblüffte Mentacho schwieg. Der Zwerg indes fuhr fort:

„Versuche, die Sprache der Fremdlinge zu erlernen. Wir müssen ihre Absichten erfahren.“

Ilsor winkte Mentacho und führte ihn zu Elvina zurück.

Der Weber hätte sich gern bei Ilsor bedankt, wußte aber nicht, wie das auf Menvitisch hieß. Deshalb wies er mit der Hand auf das Tablett mit Erfrischungsgetränken und belegten Broten und rief:

„Nobar! Essor!“

Am selben Tag verbreitete sich unter den Außerirdischen das Gerücht, der gefangene Belliore würde gute Fortschritte beim Erlernen der menvitischen Sprache machen.

DIE AUFSTELLUNG DER RADARANLAGEN

Nachdem Mentacho und seine Frau verschwunden waren, begannen sich die Erzgräber und die Käuer des Nachts in ihren Häuschen in den kleinen Dörfern einzuriegeln. Es war zwar ein ziemlich unzuverlässiger Schutz, aber man fühlte sich sicherer. Ganz ängstliche Einwohner siedelten sogar in die unterirdische Höhle um.

Die Außerirdischen erkannten, daß ihr Aufenthalt in Ranavir den Erdenbürgern kein Geheimnis mehr war. Schließlich streiften ja nicht vereinzelt Leute durch die Wälder, sondern die Besatzung eines riesigen Raumschiffes. Waren die Arsaken an der Arbeit, so sprühten zudem die Funken, und das Klopfen, Dröhnen und Tosen in den Bergen wurde vom Echo weitergetragen. Die Fremdlinge versteckten sich deshalb bald überhaupt nicht mehr. Ihre zirpenden Helikopter tauchten auch tagsüber am Himmel auf, die Besatzungen fotografierten das Land und fertigten eine Karte an.

Die Smaragdenstadt zog die Außerirdischen wie ein Magnet an. Bisweilen hing ein Helikopter stundenlang über der Stadt. Die Menviten konnten sich nicht sattsehen an ihrer Schönheit. Auf dem Planeten Rameria gab es keine ähnliche Pracht.

Geologische Expeditionen zogen von Ranavir in die Berge, denn die Helikopter brauchten Kerosin. Aus den Weltumspannenden Bergen wurden immer neue Proben herbeigeschafft, doch Ilsor blieb nach wie vor unzufrieden:

„Zu schlechte Qualität. Unmöglich!“

Baan-Nu erklärte er:

„Aus etwas Schlechtem läßt sich nichts Gutes machen, mein General. Weshalb sollen wir die Helikopter aufs Spiel setzen? Die Zeit drängt uns ja nicht. Das Volk hier ist äußerst friedfertig.“

An den westlichen Ausläufern der Weltumspannenden Berge entdeckten die Geologen zwei stillgelegte Schächte und Halden. Sie bestanden aus dem Gestein, das seinerzeit in den Schächten abgebaut worden war. In ihm entdeckten die Geologen durchsichtige grüne Körnchen von jenem Mineral, das der herrlichen Stadt der Erdbewohner den Namen gegeben hatte.

Von dem wertvollen Fund wurde Baan-Nu Meldung erstattet. Man hätte sehen müssen, wie seine Augen aufleuchteten, als er diese Neuigkeit erfuhr.

Mit dem Säubern der Schächte und dem Abstützen der unterirdischen Galerien wurde umgehend begonnen. Zwei Dutzend Arsaken förderten unter Aufsicht eines menvitischen Geologen bereits zwei Tage später die ersten Smaragde. Einige waren walnußgroß. Der General mißtraute zunächst sogar diesen Funden, standen doch auf Rameria Smaragde genauso hoch im Wert wie Diamanten. Deshalb verschwanden die abgebauten Edelsteine sofort in des Generals Safe. Wenn sich Baan-Nu abends an ihrem Glanz erfreute, dachte er über die unzählbaren Schätze der Smaragdenstadt nach. Er wußte nicht, daß der listenreiche Goodwin neben echten Smaragden auch einfaches grünes Glas verwendet hatte.

Wenn ich alle Schätze von hier mit mir nehme, werde ich zu einem der reichsten Männer auf Rameria, dachte Baan-Nu verträumt, und seine Augen glänzten.

Mentacho und Ilsor sahen sich jeden Tag. Wenn Ilsor die Kammer der Gefangenen betrat, lächelte er ihnen freundlich zu:

„Teru, Merui!“

Von der Sprechmaschine wußte Mentacho bereits, daß das hieß:

„Guten Tag, Freunde!“

Der Weber erwiderte:

„Teru, teru, em noto Carossi!“ Das bedeutete:

„Guten Tag, guten Tag, ich freue mich, dich zu sehen!“

Der Anführer der Arsaken und der ehemalige König hegten bereits aufrichtige freundschaftliche Gefühle füreinander. Doch kamen sie nur schwer ins Gespräch. Ilsor meldete dem General, daß die Sprechmaschine ihre Aufgabe zu langsam bewältigte, und bot seine Dienste an.

Er sagte:

„Ein Belliore muß ununterbrochen menvitisch sprechen. Dafür sind neue Eindrücke erforderlich, sonst kommt es zu keinen anregenden Gesprächen.“

Baan-Nu billigte Ilsors Plan und gestattete ihm, selbständig zu handeln. Der gehorsame Diener brachte schnell in Erfahrung, wofür sich Mentacho interessierte. Am selben Tag noch saß der Weber an seinem Webstuhl. Der Webstuhl klapperte vor Freude, und Mentacho summte ein Liedchen vor sich hin.

Mentacho machte sofort Fortschritte beim Erlernen der fremden Sprache. Er war fleißig, und die Sprechmaschine gab ihm für seine Antworten die Noten zehn, elf, zwölf. Das waren die besten Zensuren bei den Menviten.

Der General sagte:

„Du hattest recht, Ilsor, es stimmt. Viele Eindrücke ergeben viele Worte."

Beflissen stimmte ihm der Diener zu:

„Und viele Worte bringen Sie Ihrem Ziel näher, der Errichtung Ihres Staates."

Selbstsicher verkündete Baan-Nu:

„Ich kenne noch eine Methode, um die Leute anzuspornen. Diese Methode ist einwandfrei und bringt beste Ergebnisse."

Der General holte zwei durchsichtige Smaragde aus seiner Schatulle und nahm sie mit in die Stube, in der Mentacho wohnte.

Ungeduldig schob Baan-Nu dem Weber die Edelsteine über den Tisch zu.

„Hier, schau mal!" Die Maschine übersetzte.

Der Weber betrachtete die Steine und meinte gleichgültig:

„Hm!" Die Maschine schwieg.

„Gefallen sie dir?" fragte der General.

Mentacho nickte: „Hm!"

Die Maschine konnte dieses „Hm!" nicht übersetzen. Der Weber aber sagte nichts weiter. Baan-Nu war bestürzt. Als er Mentachos gelangweilten Blick bemerkte, wußte er:

Seine Steinchen hatten ihre Wirkung verfehlt. Das erboste ihn.

Er fragte Mentacho:

„Was betrachtest du die Smaragde so uninteressiert?"

„Hm", entgegnete der Weber.

Der General dachte, daß dieses „Hm!" wohl das wichtigste, wenn auch unübersetzbare Wort der Erdbewohner sei.

Der ehemalige König beherrschte derweilen das menvitische Alphabet, hatte die Fibel gelesen und das Lehrbuch der menvitischen Literatur zu studieren begonnen. Mit Ilsors Hilfe erlernte er in kurzer Zeit die Sprache der Fremdlinge. Ilsor bediente die Sprechmaschine und zwang sie, mit unfaßbarer Geschwindigkeit alle neuen Worte der Erdbewohner zu speichern und ins Menvitische zu übersetzen.

Elvina indes war hoffnungslos zurückgeblieben, denn die alte Frau hatte nicht den geringsten Wunsch, die Sprache der ungebetenen Gäste zu erlernen.

Als der Gefangene nach Baan-Nus Meinung die menvitische Sprache gut genug beherrschte, und die Sprechmaschine störungsfrei Übersetzungen anfertigen konnte (so viele Informationen hatte sie bereits gespeichert), betrat der General, begleitet von Ilsor, die Stube der Gefangenen, um sich mit Mentacho zu unterhalten.

Als erstes erkundigte sich Baan-Nu nach dem Land der Gefangenen. Mentacho war vorsichtig: Er hatte bereits Anweisungen vom Scheuch erhalten, was er erzählen durfte und was nicht. Beispielsweise durfte er nicht sagen, daß sie in einem Zauberland lebten. Streng verboten war es, die gütigen Feen Stella und Willina zu erwähnen. Er durfte nicht erzählen, daß Vögel und Tiere die Sprache der Menschen beherrschten. Auch die Existenz des Scheuchs und des Eisernen Holzfällers mußte geheimbleiben.

Der General fragte:

„Mentacho, wie heißt das Land, in dem wir uns befinden?“

Die Maschine krächzte, blinkte, quäkte und übersetzte von einer Sprache in die andere.

Der Weber erwiderte auf menvitisch:

„Goodwinien, Herr General.“

„Und warum?“ lautete die nächste Frage.

„Nach Goodwin, der berühmt war für seine Kriegstaten“, sagte Mentacho, ohne mit der Wimper zu zucken. Jetzt bediente er sich allerdings seiner Muttersprache, da es ihm noch schwerfiel, in einer fremden Sprache zu flunkern.

Der General fragte:

„Ist Goodwin ein König?“

Als Mentacho nickte, wollte Baan-Nu wissen:

„Ihr habt also auch Kriege geführt?“

Mentacho prahlte:

„Und was für welche: Goodwins Armee ist für ihre ungewöhnliche Tapferkeit berühmt. Sie hat die mächtigen Staaten Gingemien und Bastindien besiegt.“

Der Weber log, was das Zeug hielt, doch er bediente sich der richtigen Namen, um später nicht in Widersprüche verwickelt zu werden.

Der Anführer der Außerirdischen setzte das Verhör fort:

„Habt ihr Kanonen?“

Ehrlich bekannte Mentacho:

„Wir haben zwar nur eine einzige Kanone, doch wir können mit einem Schuß eine ganze Armee Holzsoldaten umlegen."

„Was für Soldaten?" Der General verstand nicht.

Mentacho merkte, daß er schon zuviel gesagt hatte und verstummte. Doch Baan-Nu glaubte, die Sprechmaschine habe falsch übersetzt.

Dem Außerirdischen begann die Unterhaltung zu mißfallen.

Er fragte:

„Regiert Goodwin noch immer dieses Land?"

„Nein, Herr General, er ist zur Sonne geflogen."

„Was heißt geflogen?"

„Na, mit diesem Luft..."

„Schiff?" fragte der General.

„Jaja", nickte der Weber.

Die Nachricht von Goodwins Weltraumreise (gerade so hatte Baan-Nu den Flug aufgefaßt) wirkte auf den General niederschmetternd. Sein Gesicht verfinsterte sich, doch er setzte das Verhör fort.

„Sage mir, Freund Mentacho, wer hat in Ranavir früher gewohnt?" Unvermittelt nannte Baan-Nu den Weber „Freund". Ein Zeichen dafür, wie tief beunruhigt er war. „Dieses große Schloß..."

Mentacho erriet, daß man ihn nach dem Besitzer des Schlosses fragte. Aber er wußte nichts von Hurrikap. Dennoch verlor er nicht seine Geistesgegenwart.

„Ach... so", er machte eine vage Handbewegung, „der Erbauer des Schlosses ist Hurrikap."

„Gibt es in Goodwinien Riesen?" Klopfenden Herzens

stellte Baan-Nu die Frage, die ihn am meisten beschäftigte.

„Wo sollten sie bleiben? Natürlich gibt es sie noch...“, sagte Mentacho, als sei es das Selbstverständlichste von der Welt.

Dem Ramerier brach der kalte Schweiß aus. Dennoch setzte er die Unterhaltung fort.

„Besitzen die Riesen ein eigenes Königreich?“ fragte er so kaltblütig, wie er vermochte.

Mentacho erwiderte:

„Nein, jeder Riese lebt für sich allein. Sie sind nämlich so ungebärdig, daß sie nicht miteinander auskommen würden. Wenn sie einander treffen, beginnen sie sofort eine große Schlacht. Sie bewerfen sich mit Steinbrocken, die so groß sind wie das Haus, in dem wir uns jetzt befinden.“

Wenn König Mentacho sich unter dem Einfluß des Schlafwassers auch in einen Weber verwandelt hatte, so hatte sich sein Charakter nicht allzu sehr verändert. Er log mit Begeisterung das Blaue vom Himmel und blickte dabei seinem Gesprächspartner fest in die finsteren, schlitzförmigen Augen, die unter dem Eindruck der Erzählung kugelrund vor Verwunderung wurden. Mentacho log eben königlich!

Der Menvitenführer schwieg. In seiner Verblüffung vergaß er völlig die Zaubergewalt seines Blicks. Denn er hätte Mentacho ja auch befehlen können, die reine Wahrheit zu sagen.

Als Baan-Nu am nächsten Tag wieder mit Mentacho sprach, stellte er ihm die selben Fragen wie am Vortag, nur in einer anderen Reihenfolge. Doch der Weber nannte ausnahmslos Namen, die Baan-Nu bereits kannte.

Der General überlegte: Nein, unmöglich, daß dieser leichtfertige Kerl, dieser Windbeutel lügt. Er übertreibt natürlich, er ist ein Angeber. Aber ich glaube, er übertreibt nicht mal allzu stark.

Seit der Landung dachte Baan-Nu ständig daran, daß der Oberste Gebieter von Rameria, Guan-Lo, darauf wartete, die Nachricht von der völligen Unterwerfung der Bellioren zu erhalten. Baan-Nu mußte sich sputen.

Die Außerirdischen hatten inzwischen begonnen, Goodwinien mit einer Kette von Radaranlagen zu umschließen.

Baan-Nu befahl, diese Anlagen in Abständen von 50 Kilometern aufzustellen. Das gewährleistete seiner Auffassung nach die absolute Sicherheit der Grenzen zwischen Goodwinien und der Großen Welt.

Während die Radaranlagen montiert wurden, wurden die Kanonen, die ebenfalls zum Grenzschutz bestimmt waren, aus der „Diavona" ausgeladen.

Die Arsaken montierten die Anlagen, die Menviten flogen mit ihren Helikoptern zu den höchsten Gipfeln der Weltumspannenden Berge, richteten Plattformen her und stellten die Drehscheiben für die Kanonen auf. Die Drehantenne der Radaranlagen würde das Näherkommen jedes Lebewesens sofort signalisieren, die Elektronenanlage entsprechende Funksignale nach Ranavir aussenden und automatisch die Selbstladekanone auf jedes Ziel richten, das sich bewegte.

Als die Montagearbeiten beendet waren, wurden die Radaranlagen jedoch nicht sofort eingeschaltet. Sie blieben noch eine Stunde lang gesperrt, damit die Helikopter ungehindert ins Lager zurückfliegen konnten.

Einem Flieger war es beschieden, die Zuverlässigkeit des Systems am eigenen Leibe auszuprobieren. Eine Tür seines Helikopters hing plötzlich schief in den Angeln, und er brauchte über eine Stunde, um den Schaden zu beheben. Der Pilot schaute nicht auf die Uhr, vergaß die Sperrzeit, und als er den anderen nachjagen wollte, erdröhnte in seinem Rücken ein Schuß. Glücklicherweise wurde der Flieger nur leicht verwundet und landete mühsam mit seinem Helikopter in der Schlucht. Als er dann verbunden im Zelt lag, erschien zu seiner größten Verwunderung ein Abgesandter Baan-Nus – selbstverständlich war das Ilsor – und überbrachte ihm statt eines Verweises den Mondorden für bewiesene Tapferkeit.

Baan-Nu lag nichts ferner, als die Fahrlässigkeit des Piloten zu belohnen. Aber sie beruhigte ihn. Er wußte nun zumindest, daß keiner unbemerkt in das Land, in dem sich die Abgesandten von Rameria niedergelassen hatten, eindringen konnte, ebenso wie keiner aus Goodwinien über die Grenze in die Große Welt entkommen würde, um von dort Hilfe für die Einwohner von Goodwinien zu holen.

GORIEKS ZWEIKAMPF

Mentacho, der die Anordnungen des Weisen Scheuchs und dessen Freunde gehorsam befolgte, konnte die Fremdlinge für sich einnehmen. Ilsor half ihm dabei nach Kräften. Sooft sich Gelegenheit bot, lobte er vor Baan-Nu den gefangenen Bellioren über alle Maßen:

„Das ist eine aufnahmefähige, vernünftige Kreatur“,

sagte er: „Mentacho ist sehr vertrauensselig und erweist uns große Dienste.“

Die Menviten gestatteten dem ehemaligen König und Elvina sogar, ohne jede Bewachung in der Nähe des Häuschens spazieren zu gehen. Auch wurde ihre Tür nicht mehr verschlossen. Diese relative Freiheit kam Mentacho wie gerufen. Er konnte sich nun ungehindert mit Kastaglio treffen. Die häufigen Waldspaziergänge des Webers und seiner Frau erregten keinen Verdacht. Die alten Leutchen gingen halt Pilze sammeln. Mentacho machte kein Geheimnis daraus, daß er gern und gut aß. Die ordentliche Elvina mit ihrem stets sauberen Schürzchen vergaß nie, ein Körbchen für Pilze mitzunehmen.

Bekanntlich sehen vier Augen mehr als zwei. Mentacho war schlau, und Ilsor war klug. Eines Tages riet Ilsor Mentacho zu einem Unternehmen, das die Ramerier arg entmutigte, jedoch bewies, daß Ilsor ein aufrichtiger Freund der Erdbewohner war. Es war eine ausgesprochene Kriegslist, und Kastaglio schrieb darüber dem Scheuch. Der war so begeistert, daß er wie in alten Zeiten sogar zu tanzen begann und sich ein Liedchen sang:

„Heiho! Heiho! Wir haben einen herrlichen Freund! Heiho! Heiho! Heiho!“

Ilsor war schon lange auf den Eisernen Ritter Tilli-Willi aufmerksam geworden. Da er selbst Erfinder war, verblüffte ihn, wie tadellos dieser eiserne Mensch konstruiert war und wie störungsfrei sein Mechanismus funktionierte.

Ilsors Vorschlag war denkbar einfach. Tilli-Willi erschien unvermittelt auf den Straßen des Landes und suchte den Fliegern von Rameria so oft wie möglich unter

die Augen zu kommen. Er tauchte an den verschiedensten Orten auf, denn mit seinen langen Beinen fiel es ihm nicht schwer, große Entfernungen zu bewältigen. Vor allem aber veränderte er stets sein Äußeres: Mal war er von stahlgrauer Farbe, dann bronzegelb, dann wieder grün und schwarzgefleckt wie eine riesige Eidechse, oder er warf sich einen bunten Umhang um, der ihm bis zu den Füßen reichte.

Die Flieger waren überzeugt, daß sie jedes Mal einen anderen Riesen vor sich hatten. Sie brachten dem General immer neue Fotos von diesen riesigen Rittern. Die Verwandlungen aber waren leicht bewerkstelligt. In Tilli-Willis Kabine, in der bequem ein Mensch Platz fand, saß Lestar, nicht nur der geschickteste Meister im Lande der Zwinkerer, sondern auch der beste Freund des Eisernen Ritters. Er hatte eine ganze Batterie von Farbbüchsen und einen Zerstäuber bei sich. Tilli-Willi erschien einem Flieger, versteckte sich dann hinter den Bäumen in einem Hain, und Lestar übermalte ihn schnell mit einer anderen Farbe. Dank dieser List glaubten Baan-Nu und seine Untergebenen, daß in der Nachbarschaft von Goodwinien Riesenmenschen lebten.

Mentacho bestätigte, daß gerade diese Recken König Goodwin bei seinen hervorragenden Siegen geholfen hätten. Baan-Nu, der nun endgültig von der Existenz der Riesen überzeugt war, befahl den Außerirdischen, sich vorerst vorsichtiger zu verhalten als bislang. Er wollte um keinen Preis die Riesen verärgern, denn es paßte nicht in die Pläne der Fremdlinge, Streit anzufangen, solange sie nicht zum Krieg gerüstet waren.

Dennoch registrierten die Erdbewohner einen feindlichen Schritt gegenüber Goodwinien. In den Weltumspannenden Bergen, in ihrem Nordteil, gab es einen Ort, den Riesenadler bewohnten. Diese einsame Gegend hieß Adlerstal. Nach jahrhundertealtem Brauch beschränkten die Adler die Anzahl ihres Stammes auf hundert. Ein Jungvogel wurde erst ausgebrütet, wenn ein alter gestorben war. Die Adlerweibchen mußten sich also beim Brüten streng an die Reihenfolge halten.

Dafür gab es ernste Gründe. Die Adler ernähren sich vom Fleisch der Gebirgsziegen und Steinböcke. Und da sich diese Tiere nicht rasch vermehren, hätten die Riesenvögel sie leicht ausrotten können.

Einstmals war das Stammesoberhaupt der Adler ein gewisser Arraches gewesen. Er wollte einen anderen Adler namens Karfax um die Reihenfolge beim Ausbrüten eines Adlerjungen betrügen. Doch der edle Karfax besiegte den Hinterlistigen und wurde zum Anführer des Stammes. Sein Sohn war der Jungadler Goriek. In Größe und Kraft stand er kaum hinter dem Vater zurück; weil er jung war, neigte er jedoch zu übermäßiger Selbstsicherheit.

Die Adler haben von Natur ungewöhnlich scharfe Augen. Sie erkennen aus großer Höhe sogar kleinste Gegenstände in weitem Umkreis auf der Erde. So blieben ihren Blicken natürlich auch nicht die Kanonen auf den Felsen verborgen. Doch Goriek mangelte es an Aufmerksamkeit und an Vorsicht. Einmal, als er einen schnellen Steinbock verfolgte, wurde er von so einer Jagdleidenschaft erfaßt, daß er darüber alles andere vergaß. Der Steinbock flüchtete durch die Schluchten, setzte leichtfüßig über Abgründe und sprang von Fels zu Fels. Der junge Adler blieb kaum hinter dem kräftigen Tier zurück. Selbst als unvermittelt blankes Metall vor ihm auf einem Felsen aufblitzte, hemmte er nicht seinen Flug.

Die Radaranlage wurde ausgelöst. Die Kanone beschrieb einen Kreis. Zu Gorieks Glück fiel der unsichtbare Strahl auf den Steinbock, der gerade einen ungeschützten Felsgrat erklomm. Tödlich getroffen, stürzte das Tier in den Abgrund. Goriek, der just in diesem Augenblick den Steinbock eingeholt hatte, wurde verletzt – eine Schwinge war ihm gebrochen. Blind vor Rachgier, Schmerz und Wut erklomm der Adler in langen Sprüngen den Gipfel. Bevor sich die Kanone erneut aufladen konnte, stürzte er sich mit voller Kraft auf sie.

Nun verfügen die Riesenadler schon in frühester Jugend über eine ungeheure Kraft. Goriek rammte die Kanone zusammen mit der Drehscheibe. Polternd stürzte beides in die Tiefe. Die Kanone barst in Stücke. Drauf fiel Goriek mit seinem scharfen Schnabel über die Radaranlage her und hackte das hochempfindliche Gerät in kleinste Teile.

Nach langem Suchen fanden die Adlereltern ihren Goriek auf dem Felsen und schleppten ihn mit Mühe und Not durch die Gebirgsschluchten heim.

WIEDER AN DEN SCHWARZEN STEINEN VON GINGEMA

Zweimal täglich wurden in Ranavir Signale über die Funktionstüchtigkeit der Radaranlagen empfangen. Als sie eines Tages ausblieben, machte sich Staffelkommandeur Mon-So auf, um den Grund herauszufinden. Er fand eine völlig zerstörte Anlage vor. Von dem Radar waren lediglich zerbrochene Details geblieben, während die Kanone einfach verschwunden war. Auf dem Gebirgshang fand der Flieger zwei Adlerfedern, die ihn Gruseln machten. War doch jede Feder so groß wie ein erwachsener Mensch. Klar war eins: Diese Havarie war nicht ohne Zutun der Vögel ausgelöst worden.

Schon früher, als die Plattformen für die Radaranlagen gesäubert wurden und die Flieger über die Berge geflogen waren, hatten sie wiederholt die Riesenadler aus der Ferne gesehen. Aus unmittelbarer Nähe jedoch hatte sie noch keiner beobachtet. Wenn sich ein Helikopter den seltsamen Vögeln näherte, flogen sie blitzschnell davon. Kau-Ruck hatte noch das größte Glück gehabt: Er konnte sich den Vögeln auf die geringste Distanz nähern. Das war aber auch alles. Mehrmals wiederholte er seine Erkundungsflüge, hing mit seinem Helikopter über dem Adlerstal, beobachtete, wie die Vögel zu ihren Nistplätzen aufstiegen und sah aus der Ferne, wie sie Steinböcke und Gebirgsziegen jagten.

Mon-Sos Meldung wirkte auf die Menviten niederschmetternd. Ihr Grenzschutz hatte sich also nicht als so zuverlässig erwiesen, wie die Schöpfer behauptet hatten. In Baan-Nus Pläne paßten keinerlei unangenehme Nachrichten.

„Ich bin empört über eure Leichtfertigkeit“, brüllte der General die Flieger und Ingenieure an. Seine Schlitzaugen wurden vor Zorn kugelrund wie Knöpfe. „Heute ist eine Radaranlage ausgefallen. Wo gibt es die Garantie, daß morgen nicht eine zweite und eine dritte ausfällt?“ schrie er.

Flieger und Ingenieure schwiegen betreten. Schließlich ließ sich der Pilot des Sternschiffs, Kau-Ruck, vernehmen, der angestrengt über etwas nachgedacht hatte:

„In den Bergen wohnen eben ungewöhnliche Adler“, meinte er.

„Na, und?“ Baan-Nu hatte nicht begriffen.

„Sie jagen dort, wo unsere Radaranlagen stehen. Unsere Kanonen müssen ja einfach reagieren, wenn diese Riesenvögel auftauchen.“

„Was schert uns das“, brabbelte der General.

„Die Kanonen werden schießen, und die Adler werden sie in den Abgrund schleudern“, prophezeite Kau-Ruck. „Ein verwundeter Riesenadler verfügt wahrscheinlich über verblüffende Kraft.“

„Sie mögen recht haben.“ Nur ungern stimmte Baan-Nu dem Piloten zu. „Aber was gibt es für einen Ausweg?“

„Einen einzigen“, verkündete Kau-Ruck. „Das System muß aus Goodwinien hinaus verlegt werden. Bei unseren Kundschafterflügen haben wir festgestellt, daß das Land von einer Kette großer Schwarzer Steine umgeben ist. Sie befinden sich in gleichmäßiger Entfernung voneinander. Wozu diese Steine aufgestellt wurden, wissen wir nicht. Es ist nicht ausgeschlossen, daß es sich um Straßenzeichen handelt oder um Opfertische, auf denen die Bellioren in alten Zeiten den Göttern ihre Opfer darbrachten..."

Kau-Ruck sprach von den Steinen der Gingema. Die Außerirdischen ahnten natürlich nicht, daß es Zaubersteine waren. Die böse Hexe hatte sie vor Jahrhunderten in der Wüste aufgestellt, um Wanderern und Reitern aus der Großen Welt den Weg ins Zauberland zu versperren. Nur die Bewohner des Zauberlandes konnten sich an ihnen vorbei zwängen oder über sie hinwegfliegen. Die Hexe hatte allerdings damals nicht geahnt, daß es einmal Helikopter geben werde, die die Steinbarrieren überfliegen können.

„Wir sollten unsere Radaranlagen auf diesen Riesensteinen installieren", schlug der Pilot vor. Seine Idee fand Zustimmung, und man beschloß, sie zu verwirklichen.

Unverzüglich machten sich die Außerirdischen an die Arbeit. Der General ernannte Mon-So zum Verantwortlichen.

Es flogen so viele Helikopter los, wie Kanonen vorhanden waren. Außerdem wurde ein Sonderhelikopter für den Staffelkommandeur zur Verfügung gestellt, damit er rasch zwischen den einzelnen Punkten hin und her fliegen konnte. Arsaken wurden nicht mitgenommen. In jedem Helikopter saßen zwei Menviten, ein Pilot und ein Ingenieur. Vor dem Abflug wurde jedem Menviten eine Kanone zugeteilt, für deren Umbau er verantwortlich war. Emsig wie Bienen aus ihren Bienenstöcken schwärmten die Helikopter kurz darauf aus zu ihrem jeweiligen Ziel.

Die Sonne stieg höher, sie verblaßte allmählich, und wenn sie hinter den Wolken verschwand, schien sie noch fahler als sonst. Unter ihren Strahlen löste sich der Nebel auf, nur hie und da im Flachland lagen noch blasse Schwaden im Grund. Jetzt blitzten auch die Kanonen im Tageslicht. Tau funkelte auf ihren Rohren. Unbeweglich standen die Radaranlagen, sie wirkten wie geflügelte Pferde, bereit, jeden Augenblick ihre Reiterkunststücke zu vollführen. Es war, als würde die Sonne sie mit ihren Strahlen erwecken. Aber sie schliefen nicht. Sie machten auch keine Anstalten zu erwachen. Sie waren einfach abgeschaltet.

Die Helikopter hingen über den Anlagen in der Luft. Die Ingenieure ließen sich an Strickleitern hinab und befestigton die Trosse an den Bügeln der Radaranlagen; nun mußten sie nur noch vorsichtig angehoben und zu den Schwarzen Steinen befördert werden. Man hatte zwischen den Steinen der Gingema die höchsten mit einer glatten Oberfläche ausgewählt.

Die Heckschrauben der Helikopter schienen sich geräuschlos in die Luft zu bohren. Das Unternehmen versprach erfolgreich zu verlaufen. Der Verantwortliche konnte sich nicht enthalten, kurz nach Ranavir zu fliegen, um dem General zu melden, daß der Auftrag in schnellem, sportlichem Tempo ausgeführt werde. Er wollte Baan-Nu erfreuen.

Der General beendete gerade seinen Frühsport. Er boxte mit einem imaginären Gegner und sprang auf dem Boden hin und her. So würde vielleicht sein nächster Zwei-

kampf mit dem Ungeheuer verlaufen, den er noch nicht in dem Werk „Die Eroberung der Belliora“ beschrieben hatte.

Der Staffelkommandeur salutierte vor dem General, beschrieb die Situation in leuchtendsten Farben und flog, angespornt von Baan-Nus Lob zurück, um den weiteren Verlauf der Arbeiten zu leiten.

Als Mon-So hoch über den Schwarzen Steinen dahinschwebte, sah er, daß alle Kanonen aufgestellt waren. Die Helikopter, die über den Steinen hingen, strafften gerade die Trosse. Die Ingenieure kletterten an den Strickleitern in die Maschinen zurück. Bald würden sie im Lager sein und die Glückwünsche der Kameraden entgegennehmen.

„Großartig! Wundervoll!“ Mon-So hätte vor Freude fast gesungen. Heute würden der Staffelkommandeur und seine Flieger ganz bestimmt als gefeierte Helden die Ehrenplätze an der Festtafel einnehmen wie in vergangenen Zeiten auf Rameria, wenn sie eine Operation erfolgreich beendet hatten. Bedienen aber würde Ilsor. Das hatte Baan-Nu zur Belohnung versprochen. Mon-So beschloß, rasch das Festessen zu bestellen und hatte schon seinen Helikopter gewendet. Da tönten miteins wild durcheinander Rufe aus seiner Funkanlage. Die Piloten von den anderen Maschinen, die ihren Kommandeur hoch in den Wolken entdeckt hatten, riefen um Hilfe. „Die Steine sind wie Magneten“, schrien sie. Mon-So blickte aus dem Seitenfenster. Etwas Seltsames war geschehen. Einige Helikopter hüpften zwischen den Steinen auf und nieder, andere drehten sich wild im Kreis. Mehrere Helikopter hingen unbeweglich wie Luftballons über den Steinen, während die

Menviten wie Zirkusartisten über die Maschinen sprangen und dann in die Kabinen hopsten, aus denen sie jedoch eine unsichtbare Kraft hinauszustoßen schien. Dieses Spiel wiederholte sich, bis die Menviten halb besinnungslos vor Erschöpfung in den Türen hängenblieben.

Ein paar Helikopter waren leer. Die Ingenieure und Piloten schossen derweilen Purzelbäume auf den Strickleitern.

Mon-So erschreckte dieser Anblick dermaßen, daß er lange ratlos vor sich hinstarrte. Endlich beschloß er herauszufinden, was es mit den Helikoptern und deren Besatzungen auf sich hatte. Erzürnt schwor er, die Schuldigen streng zu bestrafen. Er flog zu einem Helikopter, in dem Pilot und Ingenieur nach wilden Sprüngen über dem Stein Atem schöpften.

Der Pilot meldete:

„Mon-So, mein Oberst, höre, was ich dir sagen will. Mein Kamerad hat auf dem Schwarzen Stein unsere Anlage montiert und wollte gerade zurück in den Helikopter. Da geschah etwas Eigenartiges. Er war die Strickleiter knapp bis zur Hälfte emporgeklommen, als er wieder hinabstürzte. Das wiederholte sich mehrere Male. Irgend etwas schien ihn immerfort in die Tiefe zu ziehen. Ich wollte ihm helfen und begann den Ingenieur an der Strickleiter hochzuziehen. Doch in halber Höhe ließ mein Kamerad plötzlich los und purzelte auf den Stein."

Weiter geschah folgendes: Der Pilot landete den Helikopter auf dem Stein und zog den Ingenieur in die Kabine. Er riß den Steuerknüppel herum, und der Helikopter stieg auf. Doch kaum flogen die beiden über den Schwarzen Stein, als der Pilot den Steuerknüppel fahren ließ. Der He-

likopter beschrieb einen Bogen, hüpfte über den Stein und landete auf der anderen Seite.

Mon-So lachte den Flieger derb aus und warf ihm das Ende seiner Trosse zu, um den widerspenstigen Helikopter ins Schlepptau zu nehmen. Ungehindert stiegen beide Maschinen auf. Miteins verspürte Mon-So einen harten Ruck. Die Trosse hatte sich gespannt, und der zweite Helikopter baumelte wie ein Stein an ihr. Wahrscheinlich hatte der Flieger wieder den Steuerknüppel losgelassen. Mon-So zog die Geschwindigkeitspedale durch. Die Luftschraube routierte wie wild, der Helikopter drehte sich um die eigene Achse, diesmal aber in die entgegengesetzte Richtung. Schließlich gelang es ihnen, die geheimnisvolle Anziehungskraft zu überwinden, sie stiegen auf, doch der unglückselige Pilot konnte nicht zu sich kommen. Mon-So, der den zweiten Helikopter enger an der Trosse zu sich heranzog, landete mühsam beide Maschinen unweit des Steins. Er zerrte den Piloten und den Ingenieur aus der Kabine, schimpfte fürchterlich und ohrfeigte sie. Endlich brachte er die beiden Pechvögel zur Besinnung.

„Mon-So, mein Oberst“, sagte der Flieger und öffnete die Augen. „Von dem Augenblick an, da ich den Steuerknüppel fahren ließ, kann ich mich mit meinem Kameraden an nichts mehr erinnern. Wir wissen nur eins: Eine außergewöhnliche Kraft drückte uns in den Sitz zurück. Das ist alles.“

So wie den ersten Helikopter befreite Mon-So nacheinander alle Menviten mit ihren Maschinen. Keiner wollte schließlich für ewige Zeiten auf den Schwarzen Steinen bleiben.

Als Baan-Nu von den Ereignissen erfuhr, überlegte er: Unter den Piloten war offenbar eine Erdepidemie ausgebrochen. Kurzerhand befahl er, alle in die Krankenstube zu legen. Doch, nachdem die Flieger sich von dem Schreck und ihren unfreiwilligen Sprüngen erholt hatten, wiesen sie keinerlei Krankheitssymptome mehr auf.

Der General dachte bei sich: Das ist also nicht schlimm. Sie haben einfach einen Sonnenstich gehabt. Bedauerlich ist nur, daß die Anlage nicht funktioniert.

Mon-So hatte, als er die Flieger befreite, in der Eile vergessen, die Radaranlagen und die Kanonen wieder ans Stromnetz anzuschließen.

Keiner der Piloten, die an den Schwarzen Steinen gewesen waren, hatte Lust, noch einmal an den gefährlichen Ort zurückzukehren. Unter den anderen Fliegern meldete sich auch kein Freiwilliger.

Mon-So wollte es sich nicht eingestehen, aber auch er fürchtete sich, dorthin zu fliegen. Es war zu gefährlich, steckenzubleiben und allein in der Wüste zwischen den Steinen zu hängen. Er, der stets zuverlässig alle Befehle des Generals ausführte, war bei den Fliegern nicht sehr beliebt. Deshalb glaubte er nicht, daß irgendein Pilot ihm zu Hilfe eilen würde. Und Baan-Nu würde ihn schon gar nicht retten!

Der General überlegte, was weiter mit den Anlagen geschehen sollte. Vorläufig aber, bis dieses Problem gelöst wurde, blieb das Radarsystem erst einmal abgeschaltet.

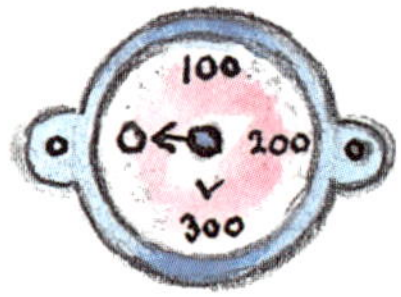

Zweiter Teil

ANN, TIM UND DIE AUSSERIRDISCHEN

DER MENSCHHEIT DROHT GEFAHR

Der Drache Oicho legte den Weg aus dem Zauberland nach Kansas nun schon zum dritten Mal zurück. Seine Begleiter Faramant und Kaggi-Karr wurden unterwegs müde und schliefen ein.

Wie schon beim letzten Mal hatte sich Oicho die Zeit so eingeteilt, daß er, um die Menschen nicht zu erschrekken, nachts in der Nähe der bekannten Schlucht landen würde, wohin niemand kam. Dort wollte er sich wie immer verbergen.

Faramant und Kaggi-Karr fanden ohne Schwierigkeiten die Farm der Familie Smith. Als der Torhüter bescheiden an die Tür klopfte, schliefen alle längst.

Die Ankunft von unerwarteten Gästen, besonders aus dem Zauberland, ist stets eine Überraschung. Die Schlafenden waren sofort hellwach.

Ann drückte die glückliche Kaggi-Karr an sich, streichelte sie und umarmte den Torhüter. Der Farmer John begrüßte die Ankömmlinge mit großer Herzlichkeit. Nur Missis Anna betrachtete die Krähe und Faramant beunruhigt, denn sie spürte: Die Abgesandten aus Hurrikaps Land waren nicht von ungefähr gekommen, und ihr Besuch versprach wenig Gutes.

Faramant und Kaggi-Karr erfuhren zu ihrem Bedauern, daß Elli nicht daheim war. Sie war als Lehrerin zwar nicht weit von ihrem Elternhaus tätig, hatte sich jedoch vor kurzem mit ihren Schülern auf eine Klassenfahrt in einen anderen Staat begeben.

Faramant seufzte:

„Schade. Jedesmal denkt man ja, ob es nicht das letzte Mal sein wird. Und nun werde ich sie überhaupt nicht sehen!"

Der Torhüter brachte das Gespräch schnell auf ein anderes Thema. Er erzählte von den Außerirdischen, die sich in Hurrikaps Schloß niedergelassen hatten. Sie waren nicht in friedlicher Absicht gekommen und hatten die Weltumspannenden Berge mit einer Kette selbstschießender Kanonen umgeben, die kein einziges Lebewesen passieren ließen.

Faramant erzählte weiter:

„Der Sohn von Karfax, Goriek, wurde von so einer Kanone verletzt. Allerdings rächte er sich: Er stieß die Kanone in den Abgrund."

Alle hörten ihm aufmerksam zu. Die Farmerfamilie packte Mitgefühl für die Bewohner des Zauberlandes, die ein neues Unglück ereilt hatte.

„Wie seid ihr nach Kansas gekommen?" fragte Ann beunruhigt.

„Wie immer, auf dem Rücken von Oicho."

„Ist er auch nicht verwundet?“ Aufgeregt sah Ann den Torhüter an.

Faramant erwiderte:

„Heil und unversehrt liegt er in der Schlucht und wartet darauf, daß man ihm zehn Eimer Brei und gekochte Kartoffeln bringt: Der arme Kerl hat unterwegs einen Riesenhunger bekommen.“

Der Farmer versprach, den Drachen zu versorgen, und Faramant erzählte weiter:

„Unsere Reise verlief ohne Abenteuer. Die Außerirdischen haben seltsamerweise die Kanonen stehen und liegen lassen und bezeugen kein Interesse mehr für sie, sagt der Scheuch.“

Ann wurde lebhaft.

„Der Scheuch, der liebe Scheuch! Wie geht es ihm? Und was macht der gute Eiserne Holzfäller und der Tapfere Löwe? Wie geht es all meinen Freunden?“

„Noch ist ihnen nichts geschehen. Doch es wird ihnen schlecht ergehen, wenn du, Ann, und du, Tim...“

Missis Anna ließ ihn nicht aussprechen. Ärgerlich sprang sie auf:

„Das wußte ich doch, daß alles darauf hinausläuft! Ihr seid gekommen, um wieder Hilfe zu holen.“

„Ruhig, Anna, ruhig!“ Der Farmer suchte seine Frau zu besänftigen. „Diesmal scheint es ernster zu sein als früher. Wir sollten, glaube ich, auch die Familie O'Kelli rufen und Tim, selbstverständlich.“

John ging zur Nachbarfarm, Missis Anna gab sich ihren unfrohen Gedanken hin, und Ann fragte Faramant leise nach der Smaragdenstadt, nach dem Scheuch, dem

Holzfäller und dem Löwen, nach Tilli-Willi, nach den Käuern, Zwinkerern und Springern…

Missis Anna hätte auch gern zugehört, doch ihre Gedanken ließen ihr keine Ruhe. Bald kam Tim mit den Eltern. In den zwei Jahren, die seit seiner letzten Heimkehr aus dem Zauberland vergangen waren, hatte er sich sehr gestreckt und war fast so groß wie sein Vater geworden.

Im Vorgefühl künftiger Abenteuer begrüßte Tim hocherfreut Faramant und Kaggi-Karr.

Faramant mußte alles, was die Familie Smith bereits wußte, noch einmal erzählen.

Richard O'Kelli verkündete stolz:

„Wir sind auf dieser Erde Hunderte Millionen. Sollen wir da nicht mit einer Handvoll Krieger von einem anderen Stern fertig werden?"

Faramant unterbrach ihn:

„Und wenn dieser Handvoll Dutzende Raumschiffe folgen?"

Ängstlich blickte Ann zu den Sternen auf:

„Glücklicherweise haben wir ja

in unserem Kampf gegen die außerirdischen Menviten Verbündete, die Arsaken."

Ein langes Schweigen trat ein. Dann fragte Missis Anna:

„Warum glauben Sie, verehrter Faramant, daß Ihnen in Ihrem Kampf Ann und Tim helfen können? Es sind doch Kinder! Sind zwar schon groß, aber immerhin noch Kinder."

Der Torhüter erwiderte:

„Ehrlich gesagt, hoffen wir nicht nur auf die Kinder, obwohl wir mit ihrer Hilfe rechnen. Wir wollten eigentlich den Riesen hinter den Bergen rufen, diesen weisen erfahrenen Menschen. Übrigens besitzt Tilli-Willi, wer hätte das bei einem so großen eisernen Burschen gedacht, ein sehr weiches Herz: Er sehnt sich nach dem Seemann Charlie und möchte am liebsten mit ihm von morgens bis abends reden."

„Das ist schön, daß er ein so gutes Gedächtnis hat und so dankbar ist", warf Missis Anna ein. „Mein Bruder ist allerdings auf einer Schiffsreise im Stillen Ozean und wird wohl kaum in den nächsten Monaten heimkehren. Wenn ihr euch jedoch auf den Heimweg in eure wunderschöne Heimat macht, so will ich euch bitten, Tilli-Willi etwas mitzunehmen, was Ann und ich für ihn schon ein ganzes Jahr aufbewahrt haben..."

„Mutter", Ann legte den Finger an ihre Lippen und blickte Missis Anna verschmitzt an. Die verstummte.

„Wieder etwas, was nicht so läuft, wie wir dachten."

„Der Riese hinter den Bergen kann also an unserem Kampf nicht teilnehmen", seufzte Faramant. „Dennoch bitte ich Sie, Ann und Tim mit uns ziehen zu lassen. Wir werden sie vor allen Gefahren bewahren und sie auch nicht zum Kampf gegen unsere Feinde einsetzen. Aber ihr Rat wird für uns vielleicht sehr wertvoll sein..."

Farmer Smith kam seiner Frau zuvor:

„Hör mal, Anna, zweimal wurden unsere Kinder in das Zauberland gerufen. Beim ersten Mal drohte dem Scheuch und dem Eisernen Holzfäller Gefahr. Das zweite Mal war das ganze Zauberland in Gefahr, weil eine böse Zauberin es ins Unglück stürzen wollte. Jetzt, beim dritten Mal, sieht es ja noch viel schlimmer aus: Der ganzen Erde droht ein furchtbares Unglück. Wir werden es uns niemals verzeihen können, wenn wir jetzt nicht helfen. Wenn wir Tim und Ann zurückhalten."

Die Mütter bewegten die Worte in ihrem Herzen und willigten schließlich ein, die Kinder ziehen zu lassen.

Farmer John sagte:

„Und jetzt, liebe Frauen, will ich euch trösten. Unsere Kinder machen sich nicht allein auf den Weg. Wir werden Alfred Cunning rufen. Ich glaube, er wird es nicht ablehnen, am Kampf gegen die Außerirdischen teilzunehmen."

Missis Anna rief aus:

„Ja, ja, er wird helfen. Er ist jetzt Ingenieur, ist Erfinder und hat einen ganzen Haufen verschiedenster Dinge erfunden. Was sind im Vergleich dazu schon die mechanischen Maultiere?"

„Fred wird bestimmt helfen", nickte der Farmer. „Außerdem kann er ein Auge auf unsere Kinder haben."

Der Gedanke, daß auch Fred Cunning an der gefährlichen Expedition teilnehmen werde, gefiel den Frauen ausnehmend.

EIN TRAURIGES FEST

Alfred Cunning erhielt ein Telegramm mit folgendem Text: „Erwarten dich umgehend. Verwandte auf der Smaragdeninsel schwer erkrankt. Ärztliche Behandlung unumgänglich. John Smith.“

Die Postangestellten wurden nicht recht klug aus diesem Text, denn sie wußten nichts von der Smaragdeninsel, und so blieb das Geheimnis bewahrt. Doch Fred Cunning erriet, daß dem Zauberland Gefahr drohte, er nahm unbefristeten Urlaub und erschien zwei Tage später auf der Farm der Familie Smith.

Der junge Ingenieur dankte John Smith für das Vertrauen.

„Vielleicht können meine Kenntnisse wirklich helfen.“ Fred versicherte leidenschaftlich: „Ich hab’ einen Haufen Formeln im Kopf und hab’ einen hervorragenden Sprengstoff erfunden, von dem eine winzige Prise einen ganzen Berg in die Luft jagt.“

Tims Augen glänzten vor Begeisterung.

„Freddi“, rief der Junge. „Wir könnten diesen Sprengstoff doch unter das Raumschiff der Außerirdischen legen, nicht wahr?!“

„Wollen sehen“, entgegnete Fred ausweichend.

„Nein, ganz bestimmt!“ beharrte Tim. „Und drunterlegen werde ich es ganz allein. Ich setze mir den Silberreifen vom Fuchskönig auf, und fertig ist die Sache!“

Tim meinte den Wunderreifen, den Ann vom Fuchskönig Nasefein XVI. geschenkt bekommen hatte.

„Hör mal, Tim! Wenn du diesen Quatsch nicht vergißt, so bleibst du überhaupt in Kansas“, sagte Alfred so ent-

schieden, daß Tim sofort verstummte, dann aber fragte er leise:

„Freddi, nehmen wir den Sprengstoff wenigstens mit?“

„Natürlich nicht. Wir mischen ihn an Ort und Stelle. Die notwendigen Grundelemente finden wir auch dort. Aber Feuerwaffen brauchen wir.“

Cunning kaufte eine Kiste Gewehre und zwei Dutzend Revolver, dazu viele Patronen. Die Fracht war erheblich, aber für Oicho waren das alles Kleinigkeiten.

Nachts nahmen die Familie Smith und die Familie O'Kelli von ihren Kindern und von Alfred Cunning Abschied. Es wurde wenig gesprochen. Doch man spürte die große innere Unruhe, würden doch die Familien Smith und O'Kelli viele Wochen lang im Ungewissen über das Geschick ihrer Lieben bleiben...

Oicho nahm Kurs auf das Zauberland. Die Reisenden saßen in der geräumigen Kabine auf seinem Rücken. Diese Kabine hatte Charlie Black schon für den letzten Flug gebaut.

Diesmal nahmen sie Totoschka nicht mit. Er war von Natur zu unbeherrscht und könnte plötzlich anfangen zu bellen, was das ganze Unternehmen gefährdet hätte.

Unterwegs erinnerte sich Alfred aller chemischen Formeln und überlegte laut. Tim und Ann verstanden nichts davon. So war es kein Wunder, daß die Kinder schnell von dem eintönigen Brabbeln und dem gleichmäßigen Schwanken der Kabine in Schlaf gewiegt wurden.

Es war bereits Abend, als der gezähmte Drache am Fuß der Weltumspannenden Berge niederging. Hier begann die Zauberwelt, und Kaggi-Karr fing an zu sprechen.

Erlöst von ihrem unfreiwilligen Schweigen begrüßte sie Ann, Tim und Fred überaus lebhaft.

Kaggi-Karr warnte:

„Es wäre sinnlos, die Reise bei Nacht fortzusetzen. Wir könnten auf einen Flugapparat der Außerirdischen stoßen."

Die Wanderer errichteten ihr Nachtlager. Doch Ann konnte es nicht unterlassen, zuvor auszuprobieren, ob der Silberreif mit dem Rubinknopf auch in Ordnung sei. Der Reif funktionierte tadellos, und unsere Helden schlummerten im Rauschen der Wälder ein.

Am nächsten Morgen flog Oicho überaus vorsichtig von einer Waldwiese zur anderen, um den fremden Helikoptern nicht aufzufallen. Doch kein einziger begegnete ihm, und so landete er wohlbehalten mit seinen Begleitern am Tor der Smaragdenstadt.

Der Scheuch hatte ursprünglich vorgehabt, der ganzen Stadt, dem ganzen Land die Ankunft von Ann, Tim und Alfred kundzutun. Er wollte einen Festaufzug vom Stadttor bis zum Schloß mit Musik und Ansprachen veranstalten. Doch Feldmarschall Din Gior riet ab. Der langbärtige Soldat, der wußte, wie man militärische Geheimnisse bewahrte, bewies Vorsicht. Er sagte:

„Eine unerwartete Festlichkeit würde die Außerirdischen aufmerksam machen und sie würden herauszufinden versuchen, was hier vor sich geht. Wenn sie etwas von den Menschen hinter den Bergen erführen, dann wäre das sehr schlimm."

Der Scheuch ließ Vernunft walten und sagte alle Vorbereitungen für den festlichen Empfang der Gäste am Stadttor ab.

Seid gegrüßt,
Freunde!
Tili
Willi

Doch hier, im Schutz der hohen Schloßmauern, schaltete und waltete der Weise Gebieter nach eigenem Ermessen und ließ seiner unerschöpflichen Phantasie freien Lauf. Er kleidete sich festlich. An seinem neuen Samtkaftan, der mit frischem Stroh ausgestopft war, funkelten Brillantknöpfe, am breiten Hutrand klingelten silberne Glöckchen, an den Füßen trug der Scheuch schnabelförmige Stiefel aus feinstem Saffianleder und auf seiner Brust prangten alle Orden, die er besaß. Einen Teil hatte er sich selbst verliehen, andere hatte er von dem Gebieter des Violetten Landes, dem Eisernen Holzfäller, und vom Gebieter der Erzgräber, dem ehrenwerten Rushero, erhalten. Auch die gütigen Feen Willina und Stella hatten ihn mit Orden geehrt.

Auf dem gutmütigen Gesicht des Scheuchs lag ein breites Lächeln.

Wegen des festlichen Anlasses war auch der Eiserne Holzfäller auf Hochglanz poliert und trug eine goldene Axt bei sich; der Tapfere Löwe, den sein Alter nicht hatte hindern können, in die Smaragdenstadt zu kommen, obwohl er nur langsam auf seinen müden Tatzen vorankam, trug ein goldenes Halsband, wie es Königen geziemt; Feldmarschall Din Gior, dessen Bart bis zur Erde reichte, stand in seiner Paradeuniform mit dem Marschallstab, an dem Edelsteine funkelten; die Ärzte Doktor Boril und Doktor Robil in schwarzen Mänteln, auf denen ebenfalls Orden blitzten, hielten Verbandskästen bereit: Schließlich konnte ja jemand in Ohnmacht fallen. Auch der Herrscher über das Land der Käuer, Prem Kokus, war erschienen; etwas abseits stand wie ein Riesenmonument der Eiserne Ritter Tilli-Willi, der furchtbar enttäuscht war, daß der

Seemann Charlie nicht mitgekommen war. Tilli-Willi hatte Ann im Vertrauen erzählt, daß seitdem Faramant und Kaggi-Karr in die Große Welt ausgezogen waren, er ständig auf seinen Schöpfer gewartet habe und so aufgeregt war, daß sich sogar einige Federn gelockert hatten und die Schrauben im Gehen zu klappern begannen.

„Das ist aber gar nicht recht", sagte das kleine Mädchen freundlich zum Riesen. „Ein Ritter muß immer stark sein..."

Der Riese seufzte laut:

„Das weiß ich. Aber ich kann nichts dagegen tun. Ach Ann, erzähl mir ein bißchen von Vater Charlie."

Ann lächelte und zog aus ihrem Campingbeutel einen großen rechteckigen Umschlag.

„Rate mal, was das ist?" fragte sie. „Der, nach dem du dich sehnst, konnte nicht mitkommen ins Zauberland. Doch dafür schickt er dir ein Geschenk. Gleich wirst du Onkel Charlie, wie er leibt und lebt, vor dir sehen!"

Ann zog ein großes Foto des Einbeinigen Seemanns aus dem Umschlag. Charlie Black hatte sich auf dem Schiffsdeck im Sturm fotografieren lassen; Black schmauchte wie immer sein Pfeifchen und lächelte aus den Augenwinkeln.

Der Eiserne Ritter wußte sich nicht zu lassen vor Freude: Lange betrachtete er das vertraute Antlitz, führte das Foto an ein Auge, dann ans andere, hielt es ganz nah vors Gesicht, und dann wieder weit von sich...

„Donner und Blitz!" rief der Riese bewegt. „Durch welchen Zauber konnte Vater Charlie auf diesem dicken Papier erscheinen und hier für immer bleiben?"

„Das kann ich dir auch nicht erklären", gestand das kleine Mädchen. „Ich weiß es nicht."

Tilli-Willi bat Ann, ihm für das Porträt ein Lederetui zu nähen, damit sich das empfindliche Foto nicht so schnell abnützen würde...

Ann nähte das Etui aus dem Leder von Sechsfüßern. Man hätte kaum ein festeres Material finden können. Seither verwahrte der Eiserne Riese das Porträt vom Seemann Charlie in seiner Kabine.

Ann, Tim und Alfred wurden vom Koch Baluol, der noch dicker geworden war, mit Brot und Salz empfangen. Er trug eine weiße Schürze und eine weiße Kochmütze. Von diesem nach des Scheuchs Meinung märchenhaften Brauch hatte der Gebieter in der Enzyklopädie gelesen. Er wollte damit seinen Gästen eine kleine Freude bereiten.

Nach dem eigentlich nicht sehr fröhlichen Mahl bat der Scheuch die Freunde aus der Großen Welt in den Thronsaal zum Fernsehgerät.

Der rosa Zauberkasten von Stella funktionierte nach wie vor hervorragend: Er zeigte den Zuschauern bereitwillig Menviten und Arsaken. Die Sklaven von Ranavir zogen rund um das Schloß einen Stacheldrahtzaun und hängten Schalltrichter, Glocken und Antennen daran auf.

Fred als Techniker erkannte schnell, daß das eine Signalanlage war, die wahrscheinlich einen Heidenlärm vollführen würde, wenn jemand versuchen sollte, bis zu den Außerirdischen vorzudringen.

„Da ist ja Ilsor! Schaut nur!" Der Scheuch wurde ganz aufgeregt. „Das ist der Diener des Generals und unser Freund."

Ann, Tim und Fred gefiel der schlanke Ilsor, seine regelmäßigen Gesichtszüge, die lebhaften dunklen Augen und sein kräftiges schwarzes Haar.

Auf Bitte des Scheuchs zeigte der Fernseher das Sternschiff „Diavona“, das sich majestätisch auf drei hohen Masten erhob. Fred war verblüfft von seiner Großartigkeit.

Die Nacht verbrachte Fred Cunning in tiefen Gedanken. Er konnte kein Auge schließen. Tim und Ann schliefen in kindlicher Sorglosigkeit. Der Scheuch, der niemals Schlaf brauchte, saß auf seinem mit Smaragden geschmückten Thron und überlegte, in welche einfachen Multiplikatoren sich die Zahl 64725 zerlegen ließe.

DAS GEHEIMNIS DER SMARAGDE

Die Arbeit in den Smaragdenschächten lief indes auf Hochtouren. Die erste mit Edelsteinen gefüllte Schatulle hatte der General bereits im Safe eingeschlossen. Zuvor war jedoch noch etwas Unerwartetes passiert. Die Arsaken, die zur Förderung der Smaragde eingesetzt waren, zeigten miteins aufrührerische Gelüste.

Ein menvitischer Geologe, der die Arsaken in den Gruben beaufsichtigte, achtete am Ende jedes Arbeitstages darauf, daß die Sklaven nichts von der Ausbeute zurückbehielten. Er starrte ihnen befehlend in die schwarzen und braunen Augen und hielt die Arsaken, die einer nach dem anderen an die Schatulle herantraten auf diese Weise dazu an, die Smaragde hineinzulegen.

„Gehorche mir, Sklave, gehorche mir“, ertönte sein Befehl. „Der Smaragd gehört dir nicht, trenne dich von ihm."

Da öffneten sich die Hände der Arsaken, und nacheinander rollten die durchsichtigen grünen Steine in die Schatulle.

Eines Tages wandte sich der Aufseher mit folgendem Befehl an einen Arsaken, der seinen Smaragd noch nicht abgeliefert hatte:

„Kehre in die Grube zurück und bringe den Klappstuhl." Doch statt wortlos zu gehorchen, entgegnete der Sklave plötzlich:

„Der Stuhl kann bis morgen warten."

Dieser Widerspruch des Arsaken brach unerwartet wie ein Gewitter über den Menviten herein. Er wußte nicht einmal, was er vor Überraschung antworten sollte. Die Arsaken, welche ihre Smaragde noch nicht abgeliefert hatten, stimmten ihrem Kameraden zu, während die anderen sie schweigend und völlig verblüfft anstarrten.

Die Minuten vergingen, alle Arsaken hatten die Smaragde in die Schatulle gelegt, der menvitische Geologe aber wußte noch immer nicht, was er sagen sollte. Ihm war es peinlich, daß die Sklaven Zeugen seiner Niederlage geworden waren. Deshalb maß er den Unruhestifter mit haßerfülltem Blick und wiederholte leise, aber deutlich seinen Befehl:

„Gehorche mir, Sklave, gehorche mir. Bringe mir sofort meinen Stuhl."

Der Arsake zuckte zusammen und verschwand im Laufschritt im Schacht. Fünf Minuten später kam er mit dem Klappstuhl zurück.

Der Menvite beruhigte sich. Er hatte also noch nicht seine Macht über die Sklaven verloren.

Vor Sonnenuntergang marschierten die arsakischen Erzgräber zum Schloßtor und unterhielten sich leise über den Vorfall. Am meisten war der Schuldige selbst über den unerklärlichen Wechsel seines Verhaltens verblüfft.

Als die Arsaken Ilsor nachts den Vorfall berichteten, befragte er sie eingehend und fand heraus, daß die Arsaken beim ersten Mal mit den Smaragden in der Hand geantwortet hatten, beim zweiten Mal aber die Steine bereits abgeliefert hatten. Er sagte:

„Jetzt erinnere ich mich, daß ich einmal bei einem Weisen aus dem Altertum gelesen habe: Die Schlange, die einen Smaragd sieht, weint zuerst und erblindet dann. Ich dachte damals, das sei ein Märchen. Wir wollen die Geschichte noch einmal nachprüfen."

Am nächsten Tag legten alle Arsaken die abgebauten Smaragde in die Schatulle, außer einem, der einen kleinen Stein im Stiefelschaft versteckt hielt. Die Bergarbeiter, die die Smaragde abgeliefert hatten, traten beseite, derjenige aber, der ihn wie einen Talisman vesteckt hielt, machte sich absichtlich in der Nähe des Aufsehers zu schaffen. Endlich bemerkte der Menvite, daß dieser Arsake kein Werkzeug in der Hand trug.

„Wo ist dein Abbauhammer?" fragte ihn der Geologe.

„Vor Ort... Ich hab' ihn vergessen..." erwiderte der Gefragte stockend und blickte dem Menviten in die Augen. Auch der Aufseher ließ den Sklaven nicht aus den Augen.

„Dann geh und hole ihn", sagte er.

Der Arsake senkte den Kopf, setzte sich langsam in Bewegung und rannte schließlich gehorsam, so schnell er konnte, in die Grube. Als er zurückkehrte und ins Glied zu den anderen Arbeitern trat, konnte er sich nicht beherrschen und flüsterte leise seinem Nachbarn zu:

„Großartig! Es wirkt!"

„Warum bist du dann so schnell losgerannt, um den Befehl auszuführen?" fragte der Nachbar.

„Damit der Herr nicht hinter unsere Entdeckung kommt."

Am Abend desselben Tages erfuhren alle Arsaken von dem grünen Wunderstein, der den Sklaven davor bewahrt, dem Auserwählten Gehorsam zu erweisen. Um den Zauberbann der Menviten zu brechen, mußte also für jeden Arsaken ein Stein gefördert werden. Die Arbeit im Schacht ging zur Freude des Geologen in raschem Tempo voran.

Baan-Nu war selig, wie schnell sich seine Schatullen füllten. Doch am glücklichsten waren die Arsaken. Niemals zuvor hatte ihnen eine Arbeit soviel Freude bereitet, denn schließlich arbeiteten sie jetzt für die Befreiung ihres Volkes.

URFIN IN RANAVIR

Urfins erster Ausflug nach Ranavir endete nicht sehr erfolgreich. Es gelang ihm nicht, in das Lager der Außerirdischen zu gelangen. Den Schubkarren mit Gemüse und Obst ließ er einfach am Zaun stehen. So war das Risiko geringer.

Urfin begehrte keinen Einlaß in Hurrikaps Schloß,

ohne Früchte hätte er dort nicht viel ausrichten können. Dafür schlich er vorsichtig um die Wohnstätte des Zauberers herum und blieb argwöhnisch an jeder Ecke stehen. Er sah durch die Fenster, denn er wollte zu gern wissen, wie die Menviten lebten, zuerst durchs gelbe, dann durchs rosa und schließlich durchs blaue Fenster. Doch er erblickte nichts hinter dem Glas.

Auf einem Umweg kehrte der Gärtner mit seinem Schubkarren heim. Er ging an den Smaragdengruben vorbei. Urfin verbarg sich hinter einer niedrigen Geröllhalde. Der Arbeitstag im Schacht war gerade beendet, und so erblickte er ganz aus der Nähe die freundlichen Gesichter der Arsaken mit ihren nachdenklichen Augen.

Urfin beobachtete, auf welchem Weg die Sklaven ins Schloß zurückkehrten, überholte sie, stülpte den Schubkarren um und legte den Bergarbeitern seine herrlichen Früchte auf den Weg.

Die Arsaken standen gebannt vor diesem Wunder, und als sie die Früchte probiert hatten, überkam sie eine ganz seltsame Stimmung. Es war ihnen, als seien sie in eine Zauberwelt versetzt, in der alle Hoffnungen und Wünsche in Erfüllung gingen.

Von nun an besuchte Urfin häufig die Smaragdengruben. Am meisten verblüffte ihn die Tatsache, daß die Arsaken, wenn sie nach der Arbeit heimkehrten, lebhafter und fröhlicher wirkten als zu Beginn ihrer Schicht. Sie schienen in der Grube überhaupt nicht zu ermüden, sondern sich eher auszuruhen. Wenn sie jedoch dem menvitischen Geologen, der mit seiner Schatulle am Eingang stand, die abgebauten Smaragde abgeliefert hatten, wurden sie wieder apathisch und schauten einander nicht mehr an.

Dieses Wunder hängt todsicher mit den Smaragden zusammen, überlegte Urfin.

Einmal näherte sich Urfin mit seinem Schubkarren voll Obst ganz offen Ranavir. Die Wachtleute griffen ihn auf und führten ihn sofort zu Baan-Nu. Ilsor, den Urfin wie alle Einwohner des Zauberlandes kannte, übersetzte.

„Antworte, wer bist du und weshalb kamst du hierher?“ fragte der General. Ihn interessierte dieser Belliore, der freiwillig zu den Menviten gekommen war, und er verbarg das nicht.

„Ich bin Gärtner und baue herrliches Obst und Gemüse an“, erwiderte Urfin. „Ich bin auch bereit, jeden Tag die Tafel des Herrn Generals zu versorgen. Für meine Dienste erbitte ich mir einen geringen Lohn: Einen Smaragd für zehn Fuhren.“

Für das Zauberland, das so reich an Smaragden war

wie der Himmel an Sternen, war das wirklich ein geringer Preis.

Zum Schluß breitete der Gärtner vor Baan-Nu Weintrauben, Melonen, Erdbeeren und alles, was er sonst noch in seinem Schubkarren hatte, aus.

In dem Maße, wie der General die Früchte probierte, schwand sein Mißtrauen gegenüber dem Bellioren. Baan-Nu war sogar bereit, mit Smaragden zu zahlen, wobei er allerdings beschloß, sie dem Gärtner wieder abzunehmen, sobald er Goodwinien erobert haben würde.

Fortan brachte Urfin den Menviten tagtäglich mehrere Schubkarren voll Zauberfrüchte in die Küche. Bald drang die Kunde von Urfins Verrat in die Smaragdenstadt: Er hätte sich freiwillig angeboten, den General und die anderen Menviten mit Früchten aus seinem Garten zu beliefern. Selbstverständlich täte er das nicht umsonst, sondern erhielte für zehn Schubkarren einen großartigen Smaragd. Außerdem hätten die Außerirdischen versprochen, wenn sie Goodwinien eroberten, ihn und vielleicht die gesamte Belliora ungeschoren zu lassen.

ALFRED CUNNINGS ERSTER SIEG

Die Einwohner von Hurrikaps Land weckten bei Baan-Nu keinerlei Mißtrauen. Was die sonderbaren Geschöpfe des Zauberlandes anging – der Scheuch, der Eiserne Holzfäller, Tilli-Willi und die anderen –, so hatte er keine Ahnung von ihrer Existenz. Ihn beunruhigten die Riesen, und die Frage, ob aus der Großen Welt eine

Armee mit Kanonen und Waffen einmarschieren würde. Das könnte gefährlich werden. Doch der General war fest davon überzeugt, daß eine vielzählige Armee niemals heimlich einbrechen könne.

Dennoch hielt es Baan-Nu für notwendig, einige Vorsichtsmaßnahmen zu treffen. Er befahl, rund um Ranavir einen Stacheldrahtzaun zu ziehen, in dem nur ein paar Durchgänge blieben. An diesen Stellen installierten die Arbeiter eine Signalanlage, bestehend aus Schalltrichtern, Klingeln und Antennen: Sobald sich jemand diesem Drahtzaun näherte, würde die Sirene heulen.

In den ersten Tagen gab es mehrmals blinden Alarm: Die Sirenen heulten, doch keine Menschenseele war in der Nähe zu sehen. Wären die Menviten aufmerksamer gewesen, so hätten sie in den Sträuchern und hinter großen Steinen die possierlichen Gesichter der Zwerge erblickt. Doch da sie sie nicht entdeckten, verloren sie sich in Vermutungen darüber, wer die Signalanlage ausgelöst hatte.

Als die Zwerge es überdrüssig waren, die Menviten zu verulken, gruben sie unter dem Stacheldraht lange Laufgräben und gingen nun heimlich im Lager spazieren.

Alfred Cunning, der im Smaragdenschloß die Meldungen der Zwerge durchsah, fand die Idee mit dem blinden Alarm sehr komisch. Nach gründlichem Überlegen fügte er dem nächsten Auftrag ein paar Worte hinzu. Sie betrafen vor allem Kaggi-Karr.

Kurz darauf wurde an allen Durchgängen der Außerirdischen Alarm gegeben. Die Sirenen heulten ohrenbetäubend.

Die Menviten stürzten mit erhobenen Strahlpistolen zum Zaun. Alle beherrschte nur ein einziger Gedanke:

Die Bellioren haben das Lager überfallen.

Doch am Stacheldrahtzaun war es still. Meter um Meter untersuchten die Menviten die ganze Abzäunung, fanden aber nichts Verdächtiges. Verblüfft kehrten sie um. Kaum waren sie hundert Schritt vom Zaun entfernt, da brach der Höllenlärm von neuem los. Das wiederholte sich mehrmals. Endlich merkten die Außerirdischen am Rauschen der Blätter im Wald: Die Vögel waren es, die ihnen einen Streich gespielt hatten.

Ja, dieses Durcheinander, diesen fürchterlichen Lärm hatten die Seidenschwänze und die Schwalben ausgelöst. In Schwärmen flogen sie zu den Alarmgebern, die sofort aufheulten. Kaggi-Karr befehligte die Angriffe der Vögel. Diese Überfälle wiederholten sich. Doch die Vögel blieben unauffindbar.

Die Bewohner von Ranavir suchten lange gegen dieses Tohuwabohu anzukämpfen, gaben es dann jedoch auf.

Da gingen die Fledermäuse zum Angriff über. Tausende von ihnen bewohnten die Höhlen in der Umgebung! Nachts verstummten die Sirenen nun überhaupt nicht mehr. Das konnte kein Lebewesen aushalten. Die Ramerier taten kein Auge mehr zu.

Grün vor Wut befahl General Baan-Nu den arsakischen Arbeitern, die Signalanlage abzuschalten.

So errang Alfred Cunning seinen ersten, vielleicht nicht allzu entscheidenden Sieg. Immerhin aber war es ein Sieg.

WIE KANN MAN DIE MENVITEN BEKÄMPFEN?

An der außerordentlichen Konferenz, die der Scheuch einberufen hatte, nahmen außer dem Gebieter der Eiserne Holzfäller, der Tapfere Löwe, Alfred Cunning, Din Gior, Faramant und Kaggi-Karr teil. Tilli-Willi blickte von der Straße durchs Fenster, und keiner wußte, daß Ann es sich in der Kabine bequem gemacht hatte. Die Versammelten diskutierten eine verzwickte Frage: Wie kann man die Außerirdischen bekämpfen und besiegen. Ihnen offen den Krieg anzusagen, war unmöglich: Die Strahlenpistolen der Außerirdischen waren den konventionellen Waffen und Revolvern, die Cunning aus der Großen Welt mitgebracht hatte, wesentlich überlegen. Am besten wäre es gewesen, wenn man die Wunder des Zauberlandes zu Hilfe nehmen könnte.

Faramant schlug vor, über Hurrikaps Schloß und Umgebung den Gelben Nebel von Arachna zu beschwören. Tim erinnerte sich der Zauberworte, mit denen der Hexe dies gelungen war. Charlie Black hatte nämlich, bevor er das Zauberbuch verbrannte, ihre Beschwörungen laut vor sich hin gesprochen. Und der Knabe besaß ein gutes Gedächtnis.

Der Torhüter sagte:

„Die Kälte, die dieser Nebel mit sich bringt, wird die Außerirdischen krank machen und schwächen, so daß wir leicht mit ihnen fertig werden.“

Der Vorschlag gefiel: Er war unkompliziert und bereitete keine großen Schwierigkeiten. Auf alle Fälle sollte man es ausprobieren. Tim wurde in den Thronsaal gerufen.

Der Scheuch schaltete den Zauberkasten, das Fernsehgerät, ein. Alfred befahl Tim, den Zauberbann vor dem Bildschirm zu sprechen, als Ranavir gezeigt wurde.

„Uburru-kurruburru, tandarra-andabarra“, begann Tim und wäre beinahe vor Lachen erstickt. Er fand sich in der Rolle des bösen Zauberers zu komisch.

Doch Fred zankte ihn aus:

„Wer spricht so schlimme Beschwörungen mit einem Lachen aus? Du mußt absolut ernst sein, wenn du willst, daß der Zauberbann wirkt.“

Ernst werden aber konnte Tim nicht. Er brauchte nur zwei oder drei Wörter herzusagen, um sofort zu kichern. Endlich wurde der Junge aus dem Saal gewiesen, und die Beschwörung, die er zuvor aufgeschrieben hatte, las Cunning vor. Aus seinem Munde klang sie einschüchternd. Doch nichts änderte sich in Ranavir: Der Himmel war so blau wie eh und je, und auch die Sonne leuchtete wie zuvor. Niedergeschlagen blickten die Konferenzteilnehmer einander an, und der Gebieter der Smaragdenstadt schüttelte verzagt den Kopf:

„Wir haben ja ganz und gar vergessen: Als Arachna starb und der Riese aus der Großen Welt das Zauberbuch verbrannte, war es vorbei mit aller Hexerei."

„Dann überlegen wir uns eben etwas anderes", tröstete Cunning sachlich. Nachdenklich fuhr er fort: „Eines der größten Wunder in eurem Land ist das Schlafwasser. Wißt ihr noch, wie leicht es fiel, mit ihm die unterirdischen Könige zu bezwingen, obwohl sie eine Armee, Sechsfüßer und Drachen besaßen?... Vergeßt nicht, daß die Arsaken uns helfen werden. Wenn sie Schlafwasser an das Essen gießen, schlafen die Fremdlinge ein, und fertig ist die Sache."

„Das hast du dir hübsch ausgedacht, lieber Fred, auch ich hatte schon diesen Gedanken. Aber wie willst du unbemerkt das Wasser in Hurrikaps Schloß bringen?" entgegnete der Scheuch unsicher. „Viel Wasser kann man nicht transportieren."

„Ja, wirklich wie?", meinte Cunning nachdenklich. „Das muß man sich genau überlegen."

Alle schwiegen.

Nach einigem Grübeln meinte Alfred: „Ohne eine Wasserleitung kommen wir nicht weiter. Das Schlafwasser muß durch Rohre in den Schloßbrunnen geleitet werden."

„Dafür müssen wir einen unterirdischen Gang anlegen", gab Din Gior zu bedenken.

„Wir müssen aber äußerste Vorsicht walten lassen", erwiderte der Scheuch.

„Wozu haben wir denn die Mäuse?“ Ann hielt es nicht länger in ihrem Versteck. Mit Tilli-Willis Hilfe war sie aus der Kabine durchs Fenster in den Thronsaal geklettert.

„Es gibt so viele Mäuse. Die machen alles ganz lautlos. Man muß ihnen nur erklären, wie sie sich verhalten sollen. Ich habe doch Raminas Zauberpfeife! Wenn ihr wollt, kann ich die Königin der Feldmäuse rufen!“

„Das ist ein Ausweg“, krächzte Kaggi-Karr aufgeregt und flatterte zu dem Mädchen, um sich das Gefieder streicheln zu lassen. Wenn sie auch eine seriöse Krähe war, so mochte sie dennoch Zärtlichkeiten. Vorsichtig strich Ann ihr über den Kopf und blickte die Konferenzteilnehmer erwartungsvoll an.

Endlich ließ sich Cunning vernehmen:

„Das hat wohl Sinn.“

„Hurra!“ Ann wäre beinahe vor Freude hochgesprungen.

„Hurra!“ krächzte Kaggi-Karr.

„Wir dürfen auch nicht ein anderes, das äußerste Mittel vergessen“, meinte Alfred. „Wenn nichts hilft, sprengen wir halt das Raumschiff der Außerirdischen. Wir stellen

eine kleine, aber wirksame Bombe her. Wir können das Sternschiff schon jetzt unterminieren. Bei dieser gefährlichen Arbeit wird uns Ilsor helfen."

Umgehend wurden zwei Brigaden gebildet. Der einen gehörten die Zwinkerer unter Leitung von Meister Lestar, der anderen die Erzgräber unter Rushero an. Eine Abteilung von Holzköpfen brachte die Rohre und das notwendige Handwerkszeug zur Baustelle.

Nach der Umerziehung der sieben unterirdischen Könige, ihrer Familienangehörigen und Höflinge benutzte man selten das Schlafwasser. Es wurde nur bei außergewöhnlichen Ereignissen verwendet, beispielsweise, als man Ruf Bilan als Strafe für seinen Verrat einschläferte. Im Zauberland gab es keine Gefängnisse, und so wurde der Verbrecher mit langem Schlaf bestraft.

Feldmarschall Din Gior benachrichtigte den Wächter der Heiligen Quelle, damit er die Brigaden der Zwinkerer und Erzgräber passieren ließe.

Es wurde beschlossen, den Grund für die Rohrlegearbeiten vorläufig geheimzuhalten, damit den Außerirdischen keinerlei Gerüchte zu Ohren kämen. Rushero und Lestar waren zum Verlegen der Rohre bereit. Alles weitere hing von den Feldmäusen ab.

ANN SMITH WIRD ENTFÜHRT

Die Sprengung des Sternschiffs mußte, obwohl Cunning sie nur im äußersten Notfall beabsichtigte, vorbereitet werden. Alfred scheute keine Zeit und Mühe auf der Suche nach Mineralien für den Sprengstoff. Mit

Ann und Tim durchstreifte er unermüdlich die Umgebung der Smaragdeninsel.

Eines Tages setzte die ganze Gesellschaft mit der Fähre über den Kanal, wo Tag und Nacht die Holzköpfe arbeiteten, und wanderten auf der Gelben Backsteinstraße fürbaß.

Wie viele Erinnerungen weckte diese Straße bei unseren Wanderern! Ann dachte daran, wie ihre ältere Schwester von einem Sturmwind ins Zauberland getragen worden war und in die Smaragdenstadt zum Zauberer Goodwin zog. Sie wurde von der seltsamsten Gesellschaft begleitet, die man sich nur vorstellen kann, einem Strohmann namens Scheuch, einem Holzfäller aus Eisen und einem Feigen Löwen. Jeder von ihnen hatte einen sehnlichen Wunsch: Der Scheuch wünschte sich ein kluges Gehirn, der Eiserne Holzfäller ein gütiges Herz und der Feige Löwe Mut. Goodwin erwies sich zwar nicht als Zauberer, vermochte es aber trotzdem, all ihre Wünsche zu erfüllen. Elli kehrte mit den silbernen Zauberschuhen von Gingema in die Heimat zurück.

Dieselbe Straße benutzte der Knabe Fred, als es ihm gelungen war, aus der Höhle* ans Tageslicht zu entkommen: Er ging in die Smaragdenstadt, um zu melden, daß Ann in die Gewalt der unterirdischen Könige geraten war, welche das Mädchen gefangenhielten und von ihr forderten, ihnen das Schlafwasser, das durch die Schuld des Verräters Ruf Bilan verschwunden war, zurückzugeben.

---

* Siehe die Märchenerzählung „Die sieben unterirdischen Könige“

Hier unterbrach Alfred ihre Gedanken:

„Hör zu, Ann, heute Nacht mußt du die Mäuse rufen. Verstanden?“

Ann nickte erfreut. „Oh, Alfred, natürlich. Endlich werde ich Ramina wiedersehen!“

Alfred und Tim, die in der Ferne einen Hügel bemerkt hatten, dessen Gestein vielleicht die notwendigen Mineralien enthielt, beschleunigten, mit geologischen Hämmern und Rucksäcken ausgerüstet, ihre Schritte. Ann blieb auf der Wiese zurück, um Blumen zu pflücken.

Da zog in den Lüften ein schwarzer Schatten auf, lautes Surren ertönte, und unweit von dem Mädchen landete auf der Waldwiese ein Helikopter. Aus der Pilotenkanzel sprang ein hochgewachsener Flieger. Mit ein paar Sprüngen war er bei Ann. Das Mädchen schrie verzweifelt und versuchte zu fliehen. Doch umsonst: Der Flieger hatte sie mit eisernem Griff gepackt. Ann konnte sich nicht losreißen, obwohl sie für ihre zwölf Jahre kräftig und flink war. Der Unbekannte nahm Ann wie eine Puppe in den Arm. Sie konnte vor Schreck nicht einmal die Augen zukneifen.

Mit geschwungenen Äxten rannten Alfred und Tim zum Unglücksort. Doch da hing der Helikopter bereits wieder in der Luft. Sie waren zu spät gekommen.

Als der Flugapparat überm Wald entschwunden war, standen Tim und Fred noch immer wie betäubt und starrten dem schwarzen Punkt nach. Nachdem sie sich von ihrem Schreck ein wenig erholt hatten, machten sie sich hastig auf in die Stadt.

Zu Tode erschrocken, bemerkte Ann gar nicht, wie sie in die Kabine des Helikopters gelangte, wie die Tür fest verschlossen wurde und die Maschine in die Lüfte aufstieg.

Sie flog über die Wälder und Felder des Zauberlandes. Noch ein Weilchen sah man die funkelnden Türme der Smaragdenstadt, dann verschwanden auch sie. Kleine Farmen und Gärten, in denen die Menschen werkten, glitten unter ihnen dahin. Neugierig verfolgten sie mit den Blikken den fliegenden Apparat und ahnten nicht, daß er den Gast aus der Großen Welt entführte, der ihnen helfen wollte und nun selbst in Not geraten war.

Es wäre sinnlos und auch nicht ungefährlich gewesen, laut zu schreien oder gar um Hilfe zu rufen. Unwillkürlich hätte Ann dabei den Namen ihrer Freunde preisgeben können. Das erkannte sie sofort.

Der Flieger drehte sich um, betrachtete Ann aufmerksam und sagte etwas. Seine Stimme klang nicht böse. Vielleicht wollte der Menvite sie beruhigen. Jedenfalls war der Blick aus seinen schlitzförmigen, leicht zusammengekniffenen Augen nicht unfreundlich.

Ann bedauerte, daß sie den Silberreif nicht bei sich hatte. Was für einen Dienst hätte ihr jetzt das Geschenk von König Nasefein XVI. erweisen können! Das Wunder hätte sich vollzogen, wenn sie aus dem Helikopter gelassen oder irgendwohin geführt worden wäre. Sie hätte sich schnell losgerissen und wäre im nächsten Augenblick unsichtbar gewesen. Dann hätten ihre Entführer sie lange suchen können!

Da träume ich vor mich hin, als lebte ich im Märchen, dachte Ann betroffen. Was nicht ist, ist halt nicht.

Sie senkte den Kopf und spürte miteins, wie etwas Kaltes, Metallenes ihre Hand berührte. Ann sprang wie elek-

trisiert auf. Wie hatte sie das nur vergessen können! Das war doch Raminas silbernes Pfeiflein. Da war er, der Schlüssel zu ihrer Rettung!

Verstohlen betrachtete Ann den breiten Rücken des Fliegers, ob er ihre Bewegung bemerkt, ob er ihre Pfeife beachtet hatte? Der Flieger wandte sich unter ihrem Blick um und nickte ihr ermutigend zu. Nein, er war beschäftigt, er achtete auf die Geräte am Armaturenbrett.

Der Fluchtplan war also fertig. Sobald sie allein bleiben würde, würde sie die Königin Ramina rufen: Die königliche Freundin würde ihr sicher aus der Not helfen. Sie besaß die Gabe, sich unversehens von einem Ort an einen anderen zu zaubern. Wenn sie erfahren würde, was Ann zugestoßen war, würde Ramina es unverzüglich in der Smaragdenstadt melden.

Der Helikopter landete in Ranavir. Der Pilot, es war Kau-Ruck persönlich, befahl Ann mit herrischer Geste, ihm zu folgen. Das kleine Mädchen ging gehorsam hinter dem Menviten her.

Die neue Gefangene im Lager der Außerirdischen fiel nicht auf. Gleichgültig gingen die Menviten an ihr vorüber. Auch die Arsaken blickten nicht von ihrer Arbeit auf. Nur als sie an einem von ihnen vorbeigingen, vernahm sie plötzlich drei Worte, die sie verstand:

„Sei... ganz... ruhig..."

Das ist Ilsor, dachte die Gefangene.

Nun ging Ann mutiger weiter. Es konnte nicht allzu schlecht um sie stehen, wenn sich unter den Fremdlingen ein Freund fand.

Der Pilot hatte die Gefangene auf Baan-Nus Befehl entführt. Die Ereignisse der letzten Tage, besonders die

Streiche der Vögel und der Fledermäuse an der Signalanlage, erschienen dem General äußerst verdächtig.

Ob wirklich alles in diesem Land so aussieht, wie Mentacho behauptet? dachte er. Baan-Nu beschloß kurzerhand die Aussagen des Webers zu überprüfen. Da es sich um eine besonders wichtige Aufgabe handelte, übertrug er sie Kau-Ruck. Er befahl ihm, einen Erdenbewohner nicht aus der nahegelegenen Siedlung der Erzgräber, sondern aus der Umgebung der Smaragdenstadt herbeizuschaffen.

Das ist sicherer, fand Baan-Nu.

Ann folgte Kau-Ruck, bemüht, so ruhig wie möglich zu erscheinen.

Baan-Nu trat in seiner ordensbestickten Uniform aus dem Schloß, und Ilsor schickte sich an, ihm zu folgen. Ann konnte den Blick von der Paradeuniform nicht wenden.

Wahrscheinlich ist das ein sehr reicher Mann. Irgendein vornehmer Höfling, dachte sie. Solche schönen Gewänder habe ich nur auf Bildern gesehen.

Der General blickte finster drein, er wurde auch nicht freundlicher, als er das liebliche Antlitz des kleinen Mädchens sah.

Die Unterhaltung, die eher einem Verhör glich, fand im Blauen Haus der Gefangenen statt. Zunächst mußten Mentacho und Elvina den Raum verlassen. Elvina nahm wie stets, wenn sie spazierenging, einen Korb für Pilze mit.

Unvermittelt trafen sie in der Tür mit dem Gast aus der Großen Welt zusammen. Statt sich zu freuen, wurden die beiden alten Leutchen jedoch todtraurig, denn sie ahnten, daß das kleine Mädchen genau wie sie eine Gefangene der Menviten war.

Mentacho zeigte rasch auf sich, schüttelte den Kopf und legte den Zeigefinger an die Lippen. Dann wies er auf Elvina und legte ebenfalls den Finger auf den Mund.

Ann überlegte:

Wahrscheinlich will er sagen, daß wir nicht miteinander bekannt sind. Zumindest, daß ich über ihn schweigen soll.

So war es auch.

Als erstes fragte Baan-Nu die Gefangene:

„Bist du mit den Leuten bekannt, die eben diesen Raum verlassen haben?“

Der Apparat in der Zimmerecke, der an einen kleinen Konzertflügel erinnerte, blinzelte plötzlich zu Anns größter Verwunderung, zischte und begann Baan-Nus Fragen und Anns Antworten zu übersetzen.

Ann antwortete:

„Nein, ich kenne sie nicht.“

Kau-Ruck betrachtete interessiert den Apparat und hörte der Unterredung zu. Ilsor reagierte auf alles mit der gewohnten Ruhe. Nur sein Blick war vielleicht etwas aufmerksamer als sonst.

„Und wie heißen sie?“ fragte Baan-Nu schlau.

Verwundert entgegnete Ann:

„Wie kann ich die Namen dieser Leute wissen, wenn ich sie nicht einmal kenne?“

Dann folgten die Fragen, die Baan-Nu wiederholt dem Weber gestellt hatte.

Aus den Berichten von Faramant und dem Scheuch kannte Ann alle Fragen und Antworten.

Ausführlich erzählte sie dem General, daß das Land, in dem die Fremdlinge gelandet waren, Goodwinien sei, daß es so genannt werde nach König Goodwin und daß die Königreiche, die der tapfere König an sich gebracht habe, Gingemenien und Bastindien hießen.

Als Baan-Nu die bekannten Namen hörte, wurde er ruhiger. Und als das Mädchen auf die Frage nach dem Riesen genau so antwortete, wie seinerzeit Mentacho, war der General endgültig überzeugt, daß der gefangene Weber die Wahrheit gesprochen hatte. Wie hätte auch ein kleines Mädchen aus einem ganz anderen Landesteil sich dasselbe ausdenken können wie Mentacho.

Baan-Nu blickte Ann nicht mehr finster an, seine Stimmung besserte sich zusehends.

„Jetzt, da Sie alles von mir erfahren haben, was Sie interessiert“, begann Ann höflich, „könnten Sie mich doch eigentlich nach Hause lassen?“

Doch kaum hatte der Apparat diese Bitte übersetzt, da verfinsterte sich das Gesicht des Generals aufs neue.

„Nein“, sagte er hart. „Du bleibst hier, zusammen mit Mentacho und Elvina. Ich werde ihnen befehlen, daß sie sich um dich kümmern.“

Begleitet von Ilsor und Kau-Ruck, verließ der General das kleine Haus.

„Na, herrlich“, rief ihm Ann hintendrein. „Tilli-Willi macht aus jedem von euch Bouletten.“

Die Sprechmaschine übersetzte gewissenhaft die letzten Worte des kleinen Mädchens, doch zum Glück hörte sie keiner.

DIE KÖNIGIN DER FELDMÄUSE

Als die Gefangenen allein geblieben waren, sah Ann mit schlauem Lächeln Mentacho und Elvina an und sagte:

„Seid nicht traurig.“

Sie blies in Raminas Pfeife, und sofort stand die Königin der Feldmäuse mit ein paar Hoffräulein vor ihr.

Elvina stieß einen kleinen Schreckensschrei aus. Sie hätte selbst nicht gedacht, daß sie noch so gewandt auf einen Stuhl springen könnte: Die gute alte Frau hatte eine Heidenangst vor Mäusen.

„Seid gegrüßt, Hoheit!“ wandte sich das kleine Mädchen höflich an die Königin. „Verzeiht, daß ich Euch belästige, aber es steht schlecht um mich...“

Ramina erwiderte:

„Guten Tag, liebe Ann! Hast du etwa kein Recht auf meine Hilfe? Du bist die Besitzerin der silbernen Pfeife! Aber wie bist du in die Gewalt der Außerirdischen geraten?“

„Ihr wißt es bereits?“ fragte Ann verwundert.

„Natürlich“, fuhr Ramina ruhig fort. „Mich hat schon seit langem meine königliche Schwester, die Königin der Fledermäuse Tarriga, eingeweiht. Ihre Untertanen haben den ungebetenen Gästen vor kurzem ein hübsches Konzert hingelegt!“

Ramina kicherte belustigt, und die Hoffräulein stimmten ehrfürchtig ein.

„Ich kann mir vorstellen, wie meine Freunde sich jetzt um mich sorgen", sagte Ann niedergeschlagen. „Vielleicht denken sie gar, daß ich nicht mehr lebe..."

„Nun übertreibst du aber wirklich, liebe Ann", tröstete die Königin der Feldmäuse. „Wozu hat der Scheuch seinen Zauberkasten? Ich bin sicher, daß deine Freunde alles über dich wissen. Ich werde es gleich überprüfen."

Bevor Ann etwas sagen konnte, war Ramina verschwunden, und im Blauen Häuschen blieben nur die Hoffräulein zurück, die die alte Elvina ängstlich von der Seite musterte.

Ungefähr zwanzig Minuten waren vergangen, da kehrte die Königin äußerst zufrieden zurück. Sie war bereits überall gewesen.

„Natürlich ist alles so, wie ich es mir dachte", verkündete sie. „Kaum waren Fred und Tim im Schloß des Scheuchs angelangt, da begann schon der Zauberkasten zu funktionieren, und deine Abenteuer wurden bekannt. Deine Freunde hoffen, dir bald zu Hilfe zu kommen... Im übrigen haben auch meine Untertanen einen Auftrag von staatlicher Bedeutung erhalten."

Ann erriet sofort, was das für ein Auftrag war.

Die beiden Alten boten den Mäusen einen hervorragenden Imbiß aus Speckstückchen und gerösteten Brotkrumen an. Das Festgelage dauerte bis in die Nacht. Ramina versprach, in den kurzen Pausen zwischen dem Staatsdienst Ann zu besuchen und ständigen Kontakt zwischen Ann und deren Freunden herzustellen. In außergewöhnlichen Situationen sollte sich Ann der Pfeife bedienen.

DIE INVASION DER UNSICHTBAREN ARMEE

Die Mäuse erfüllten bereitwillig den wichtigen Staatsauftrag, und der unterirdische Gang wuchs nicht täglich, sondern stündlich. Den Mäusescharen folgten auf dem weichen, aufgelockerten Erdreich, das großartig die Schritte dämpfte, die Brigaden von Lestar und Rushero. Sie verlegten die Rohre, die die Holzköpfe trugen.

Die scharfzähnige Mäuseschar war in Regimenter und Divisionen unterteilt, und jede Einheit hatte einen Arbeitsabschnitt. Die einen fraßen sich in das Erdreich, bohrten Tausende Höhlen, die, miteinander vereint, eine große Höhle bildeten; andere schafften die Erde sorgfältig in sehr kleinen Fuhren, damit keiner es bemerke, zu den Baumwurzeln im Wald. Die übrigen drangen ins Schloß ein.

Ann schlief friedlich im Blauen Häuschen, an dessen Tür wieder ein Wachsoldat stand, während die grauen Heerscharen geschäftig in Ranavir hin und her liefen.

Mit verwunderlicher Geschicklichkeit drangen die

Mäuse durch winzige Löcher und Ritzen. Sie schlüpften durch schlecht verschlossene Zimmertüren und in die Schränke.

Am nächsten Morgen waren in den Werkstätten der Menviten an allen elektrischen Leitungen die Isolationen durchgeknabbert. Kolben, Mensur- und Reagenzgläser lagen zerschlagen auf dem Fußboden, ihr Inhalt war ausgeflossen. Die Behälter mit den Brennstoffproben waren durchlöchert, der Brennstoff versickerte trüb. Von den Herbarien, die die Menviten im Zauberland angelegt hatten, war einzig Mulm geblieben. Nur die Kragen der Overalls hingen traurig auf den Bügeln. Der übrige Stoff lag zerfetzt auf den Dielen verstreut.

Baan-Nu schlief noch, als Ilsor sein Zimmer betrat. Auf der Schwelle blieb er wie angewurzelt stehen und rieb sich verwundert die Augen. Dann rief er leise:

„Mein General, Baan-Nu!"

Der Angerufene schlug die Lider auf. Erschrocken zuckte er zusammen. Sofort war er hellwach. Vor ihm breitete sich das verheerende Bild einer schrecklichen Zerstörung aus. Vom Tigerfell vor seinem Ruhebett war nur der Flaum übrig. Der Morgenmantel des Generals war zerfetzt, seine herrlichen Stiefel glichen jetzt eher den Riemchensandalen der alten Griechen. Das feine Saffianleder war ratzekahl aufgefressen.

Ilsor wollte dem General die Uniform reichen, doch im Schrank lag nur ein Haufen Lappen.

Im Nachthemd, ohne auf eine neue Uniform aus der „Diavona" zu warten, rannte Baan-Nu mit stockendem Herzen ins Arbeitszimmer. Er ahnte fürchterliches Unheil. Am Abend war er nach der Beschreibung des Kampfes ge-

gen die unsichtbaren Heere so unheimlich müde gewesen, daß er zwar den Punkt hinter das letzte Wort gesetzt, das Manuskript aber nicht wie gewöhnlich in die Aktentasche geschoben und unter seinem Kopfkissen versteckt hatte. Die ganze Nacht über hatte er im Schlaf gegen die Unsichtbaren tapfer gekämpft. Sollte sein Traum etwa prophetisch gewesen sein?

Auf dem Tisch erblickte er einen Berg Papierstaub. Stöhnend faßte sich Baan-Nu an den Kopf und ließ sich in einen Sessel sinken.

Inzwischen war Mon-So zur Meldung erschienen.

„Mein General“, begann er. „In Ranavir ist alles zerschlagen und zerrissen, was man nur zerschlagen und zerreißen kann. Wahrscheinlich sind diese Erdenbürger angekommen...“ Mon-So konnte seinen Satz nicht beenden. Im Türrahmen erschien der Arzt Lon-Gor:

„Mein General“, sagte er, „die Mullbinden sind verschwunden, die Thermometer kaputt, alle Pülverchen ausgeschüttet und vermischt. Die Erdenbewohner...“

„Was für Erdenbewohner? Lassen Sie mich doch mit Ihren Erdenbewohnern zufrieden!“ brüllte der General, denn er konnte sich nicht mehr beherrschen. „‚Die Eroberung der Belliora‘, mein Buch, mein Lebenswerk ist vernichtet“, jammerte er, doch die Menviten verstanden ihn nicht.

Eigenartig war, daß in dem allgemeinen Tohuwabohu die persönlichen Gegenstände der Arsaken unberührt blieben. Baan-Nu befahl, die Gefangenen vorzuführen. Ann, Elvina und Mentacho traten ein. Doch die Bewohner des Blauen Häuschens verrieten nichts. Woher sollten sie auch etwas wissen, wenn die Fenster ihres Hauses mit Stahlgittern abgesichert waren, die Tür von außen verriegelt und der menvitische Wachsoldat keinen Schritt von der Vortreppe gewichen war...

SELTSAME VORKOMMNISSE IN RANAVIR

Dann kam der Tag, auf den sich Tim lange und gründlich vorbereitet hatte. Der Knabe zog einen bequemen Trainingsanzug und Stiefel mit weichen Sohlen an, um lautlos auftreten zu können. Er steckte Schraubenschlüssel, Schraubenzieher und Kneifzange ein. An den Gürtel knöpfte er einen Degen in einer Lederscheide. Den Silberreif befestigte er mit einem Riemchen am Kopf, um ihn nicht zu verlieren.

Alles schien wohlüberlegt zu sein, doch Ingenieur Cunning ermahnte den Jungen immer wieder zur Vorsicht.

Fred sagte:

„Die Fremdlinge wissen nicht, woher Ann kommt. Wenn die Ramerier dich gefangennehmen, merken sie an deiner Größe und Kraft, daß du kein Einwohner von Goodwinien bist."

Tim nickte zu allen Ermahnungen. Ein einziger Wunsch beseelte ihn, so schnell wie möglich fortzukommen.

Zum Abschluß riet ihm Fred:

„Wenn sich keine Gelegenheit zu Anns Befreiung bietet, warte lieber ab."

Da preßte der Knabe so eigensinnig die Lippen aufeinander, daß man sofort wußte, diese Anweisung Freds würde er auf keinen Fall befolgen. Im stillen hatte Tim schon lange beschlossen, daß, falls Fred ihn nicht ziehen lassen würde, er sich unsichtbar machen und aus der Stadt verschwinden würde. Schließlich trug er ja den Zauberreif auf dem Kopf.

„Ich fürchte, daß du bloß Unheil anrichten wirst!“ Fred war beim Abschied sehr besorgt.

Endlich saß Tim in der Kabine von Tilli-Willi, und der Riese brachte ihn schnurstracks ins Tal von Hurrikap. Unterwegs fragte der Eiserne Ritter den Jungen immerfort nach Charlie Black. Tim hatte den Einbeinigen Seemann nur selten in Kansas gesehen. Doch da er den Riesen nicht betrüben wollte, dachte er sich unglaublich viele Geschichten über Charlies angebliche Heldentaten in der Großen Welt aus. Wollte man seinen Worten trauen, so wimmelte es dort von Zauberern und Hexen. Der gutgläubige Riese äußerte seine Begeisterung so lauthals, daß seine dröhnende Stimme viele Meilen im Umkreis zu hören war. Nur gut, daß sie unterwegs kein Helikopter der Außerirdischen bemerkte.

Der Eiserne Ritter versteckte sich im Pavillon von Hurrikap, während Tim, der den Rubinknopf gedreht hatte, sich unsichtbar machte und mutig auf Ranavir zuschritt.

Der Älteste der Zwerge, Kastaglio, der die folgenden Tage im Lager der Außerirdischen beschrieb, bezeichnete sie als eine irrsinnige Zeit.

Alles begann damit, daß eine eiserne Tonne mit Brennstoff, die auf einem Hügel unweit der Startplätze stand, plötzlich eine Arbeitsbühne abwärts kollerte. Sie rollte so schnell hinab, daß Flieger und Ingenieure nur mit knapper

Not im letzten Augenblick zur Seite springen konnten. Zu allem Übel schlug die Tonne auf den Helikopter von Baan-Nu auf, den der General noch kein einziges Mal benutzt hatte, und zerschmetterte ihn. Es war der beste, luxuriöseste und schnellste Helikopter der Staffel gewesen.

Der General eilte persönlich zum Unglücksort. Doch als er am Brunnen vorbeiging, richtete sich urplötzlich der Schlauch auf. Ein kalter Wasserstrahl schlug Baan-Nu gegen Brust und Gesicht. Die neue Paradeuniform des Generals, die nach dem Überfall der Feldmäuse aus dem Reserveteil der „Diavona" geholt worden war, war bis auf den letzten Faden durchnäßt.

Der General wollte etwas sagen, doch immer, wenn er den Mund öffnete, schlug ihm der Wasserstrahl direkt in den Mund, und er japste nach Luft. Wenn der Strahl auf die Erde schlug, zerstob er in kleinste Wasserspritzer, die lustig in allen Regenbogenfarben glitzerten.

Die Rettung kam in Gestalt Ilsors. Er sprang unter den Wasserstrahl und packte den Schlauch, der sich wie eine Schlange wand. Der Anführer der Arsaken hätte schwören mögen, daß im selben Augenblick eine unsichtbare Hand vom Schlauch glitt. Auch glaubte er leise Schritte zu vernehmen, die sich eilends entfernten. Ilsor drehte den Hahn zu und führte den durchnäßten General ins Schloß, um ihm beim Umkleiden behilflich zu sein.

Baan-Nu war außer sich vor Zorn. Doch er wäre wohl vollends vor brennender Scham vergangen, wenn er gewußt hätte, daß der Scheuch in seinem Schloß die ganze Szene von Anfang bis Ende beobachtet hatte.

„Dieser Tim! So ein Prachtkerl!“ rief Faramant und

klatschte begeistert in die Hände. „Der hat ihm ja ein herrliches Bad gerichtet!"

Der Scheuch sagte mit wichtiger Miene:

„Ein au-ßer-or-dent-li-cher Anblick!"

Cunning murmelte nervös:

„Ich fürchte, daß er Unheil anrichtet!"

Allmählich schien im Lager der Außerirdischen wieder Ruhe einzutreten.

Eine Straßenreinigungsmaschine schüttete die riesige Pfütze am Brunnen, wo der General sein unfreiwilliges Bad genommen hatte, mit Sand zu.

Doch unvermittelt geriet wieder ganz Ranavir in Aufregung.

Der Schuldige an dem neuen Durcheinander war Baan-Nu persönlich.

Bei Gefahr war im Lager ein Signal für Gefechtsalarm vorgesehen. Die Geheimtaste befand sich im Arbeitszimmer des Generals.

Der wieder trockene, aber noch immer zerzauste General, der sich frische Shorts angezogen hatte, beschloß aus unerfindlichen Gründen festzustellen, ob seine Untergebenen zur Abwehr eines unerwarteten Angriffs der Erdbewohner bereit seien...

Wieder wurden die Ramerier aufgeschreckt. Jeder rannte zu seinem vorgeschriebenen Standort. Die Menviten schleppten Feuerlöscher herbei, knipsten an ihren Strahlpistolen, um zu überprüfen, ob sie funktionierten. Die Wachsoldaten aus der Abteilung zur besonderen Verwendung verschlossen die Einstiegsluke des Sternschiffs und zogen wie drohende Standbilder auf Posten.

Tag und Nacht rannten die Ramerier hin und her, um

alle Befehle zur Zufriedenheit des Generals zu erfüllen, doch am Morgen erwarteten sie neue Überraschungen.

Die Tische und Stühle in dem Raum, in dem die Menviten ihre Mahlzeiten einnahmen, waren zu einer Pyramide gestapelt, deren Spitze an die Decke stieß. Aus dem Zelt der Sklaven waren alle Stiefel auf die Waldwiese gewandert und hatten sich im Kreis angeordnet, als wollten sie einen fröhlichen Reigen eröffnen.

Lachend suchten die Arsaken ihr Schuhzeug zusammen: Da hatte jemand mit ihnen seinen Scherz getrieben, aber er wollte ihnen nichts Böses antun.

Auf den Startplätzen hatte man nachts ein Knarren und Knipsen vernommen, doch die Wachsoldaten hatten nichts bemerkt. Dennoch fehlten auf den Armaturenbrettern der Helikopter wichtige Details...

Baan-Nu befahl, Mentacho vorzuführen. Wütend starrte er ihn an und sagte:

„Erdbewohner, erkläre mir den Grund für diese eigenartigen Vorkommnisse."

Mentacho bewahrte die Fassung. Ilsor hatte ihm schon den Auftrag des Scheuchs ausgerichtet.

„Was tun, Herr General! In diesem Jahr haben die Wahnsinnstage früher als gewöhnlich begonnen. Ich konnte Sie nicht rechtzeitig darauf hinweisen!"

Schuldbewußt ließ er den Kopf hängen.

„Was für Wahnsinnstage?" fragte der General finster.

„Die Wahnsinnstage der Dinge, Herr General! Die haben wir hier in Goodwinien alljährlich. Wir sind schon daran gewöhnt und halten Augen und Ohren offen."

„Was heißt, Augen und Ohren offenhalten?"

„Das bedeutet, daß man aufpassen muß, wenn man mit den Dingen zu tun hat. Sie hören auf, sich uns zu fügen und versuchen den Menschen üble Streiche zu spielen. Der Spaten schlägt den Bauern gegen die Stirn, das Geschirr fällt vom Tisch, und die Zäune rund um die Häuser wandern in den Wald..."

„Ihr lebt doch wirklich in einem unzivilisierten Land." Der General schüttelte den Kopf. „Und wie lange dauern diese Wahnsinnstage?"

„Meist ein oder zwei Tage, selten länger. Ich vermute, daß sich die Dinge schon beruhigt haben, General. Es wird alles wieder ruhig und friedlich werden", erklärte der Weber.

Der General entließ Mentacho und dachte lange darüber nach, wieviel Seltsames und Unverständliches es doch auf der Erde gab, Dinge, die niemals auf Rameria geschehen könnten.

DIE FLUCHT

Nach den seltsamen Ereignissen in Ranavir waren die Außerirdischen mehr auf der Hut als zuvor. Vorsichtig betrachteten sie alle Gegenstände, denn sie erwarteten von ihnen neue böse Streiche. Wenn sie eine Tür öffneten, glitten sie schnell über die Schwelle, denn sie fürchteten, sie würde ihnen an die Stirn oder an den Hinterkopf schlagen.

Diesmal glaubte der General jedoch nicht Mentachos Geschwätz und befahl sicherheitshalber, die Wachposten an den Durchgängen zu verdoppeln und Patrouillen aufzustellen, die stündlich das Territorium des Lagers durchkämmen sollten.

Tim geriet dadurch in Schwierigkeiten, und er bedauerte aufrichtig, daß er bei den Versuchen, den Fremdlingen Unannehmlichkeiten zu bereiten, übereifrig gewesen war. Sonst hätte er Ann ungestört entführen können. Jetzt, da die Menviten argwöhnisch geworden waren, wurde das schwieriger. Tim gab die Hoffnung jedoch nicht auf. Hinter einem Holzstoß verborgen, beobachtete er ununterbrochen das Blaue Häuschen. Endlich wurde sein Warten belohnt!

Ann wurde von einem Wachsoldaten aus dem Häuschen zu Hurrikaps Schloß geführt. Offensichtlich brauchte der General neue Informationen.

Ohne zu zögern, sprang Tim hinter dem Holzstoß hervor, packte Ann bei der Hand und flüsterte:

„Komm!"

Der Reif aber schützte nicht nur denjenigen, der ihn auf dem Kopfe trug, sondern auch alle, die der Besitzer berührte, vor fremden Blicken.

Der Menvite, der kein Auge von Ann gelassen hatte, stand starr vor Erstaunen. Die Gefangene, die er eben noch ins Schloß führen wollte, hatte sich in Luft aufgelöst.

Ann und Tim liefen davon. Als der Menvite ihre trappelnden Schritte vernahm, brüllte er aus vollem Halse:

„Unsichtbare! Haltet die Unsichtbaren! Sie sind hier, ganz in unserer Nähe!"

Im Lager wurde Alarm gegeben. Der Weg zum nächsten Durchgang wurde von einer Abteilung Menviten abgeriegelt. Überall stießen Tim und Ann auf die Außerirdischen. Verwirrt blieb der Knabe stehen, erblickte jedoch zum Glück in der Nähe einen unbesetzten Wachtturm.

„Komm auf den Turm dort“, flüsterte er Ann zu.

Es war nicht leicht, die schmale Treppe zu zweit zu erklimmen und sich dabei unausgesetzt aneinander festzuhalten. Doch den Kindern gelang es. Und das im rechten Augenblick!

Die Menviten gingen in Schützenkette durchs Lager, sie hatten sich untergehakt und durchkämmten das Territorium. Doch die unsichtbaren Wesen schienen wie vom Erdboden verschluckt.

Mon-So leitete den Suchtrupp in der Nähe des Wachtturms. Als er bemerkte, daß dort kein Wachsoldat stand, schickte er einen Arsaken aus, um zu überprüfen, ob der Turm tatsächlich unbesetzt war.

Behende lief der Arsake die Treppe hinauf. Mucksmäuschenstill standen Ann und Tim auf der Plattform. Der Arsake vernahm sofort ihren aufgeregten Atem, fuhr lässig mit der Hand durch die Luft und rief laut:

„Keine Menschenseele, mein Offizier!“

Rasch eilte er wieder hinab.

Die Suche wurde noch lange fortgesetzt, verlief jedoch ergebnislos.

Vielleicht können die Erdbewohner nicht nur unsichtbar, sondern auch unfaßbar werden? überlegte der General unruhig. Aber wie sollen wir da gegen sie kämpfen?

Gegen Abend wurde es im Lager still: Die Bewohner begaben sich zur Ruhe, die Wachsoldaten bezogen ihre Posten.

Ann und Tim stiegen, jedes Geräusch vermeidend, die Treppe hinab und schlüpften an den Wachsoldaten vorbei durchs erstbeste Tor. Dann eilten sie im Laufschritt zum Pavillon, in dem der Eiserne Ritter sie erwartete.

UNHEILVOLLE PLÄNE

Baan-Nu berief eine Geheimsitzung seines Stabes ein. Von den Arsaken war nur Ilsor anwesend und auch dies ausschließlich in seiner Eigenschaft als Diener des Generals.

Zur Eröffnung brachte Baan-Nu einen Hochruf auf den großen und unbesiegbaren Guan-Lo aus. Die Anwesenden erhoben sich von ihren Plätzen, rissen die Arme zum Gruß hoch und schrien dreimal mit heiseren Stimmen:

„Gorr-au!“

„Wir müssen endlich mit Goodwinien Schluß machen!“ verkündete der General ohne jede Einleitung. „Wir beginnen mit der Smaragdenstadt, dem Herzen von Goodwinien. Wir werden alles in Schutt und Asche legen und die Smaragde an uns bringen. Wir wollen den Erdenbürgern zeigen, wozu wir fähig sind. Bisher haben wir sie lediglich in Erstaunen versetzt, und sie haben versucht herauszufinden, wer wir sind. Fortan sollen sie in Angst und Schrecken leben und vor uns zittern!“

Schweigend ging Ilsor von einem zum anderen, schenkte Getränke ein zu den Früchten und merkte sich jedes Wort.

„Die Operation wird unter der Codebezeichnung ‚Schrecken‘ verlaufen. Alle Helikopter sind einzusetzen. Wir bestücken sie mit Bomben. Wenn die Mehrheit der Einwohner getötet ist, zwingen wir den Rest mit unserem Blick zum Gehorsam.“

Der General schwieg. Zustimmende Rufe wurden laut.

„Wir werden alle steinreich nach Rameria zurückkehren“, versprach Baan-Nu.

Er verschwieg natürlich, daß er längst beschlossen hatte, die Schätze der Smaragdenstadt in seinen persönlichen Besitz zu bringen.

„Mein General!“ Ehrerbietig wandte sich der Kommandant der Helikopterbesatzungen Mon-So an Baan-Nu: „Nachdem der unsichtbare Feind bei uns gewesen ist, sind fast alle Helikopter funktionsuntüchtig.“

„Wie lange brauchen Sie zur Reparatur?“ fragte der General.

„Bei angespannter Arbeit nicht unter zehn Tagen“, entgegnete jener.

Diese Antwort erfreute Ilsor. Die Zeit würde ausreichen, um alles weiterzumelden und neue Pläne zu schmieden.

In einem Ton, der keine Widerrede zuließ, sagte der General:

„Die Helikopter müssen fristgemäß fertiggestellt sein. Setzen Sie alle Leute zur Reparatur ein und beschaffen Sie die notwendigen Ersatzteile. Für die Ausführung dieses Befehls sind sie, Mon-So, und du, Ilsor, persönlich verantwortlich.“

„Zu Befehl, mein General.“ Der Staffelkommandeur Mon-So neigte den Kopf.

Ilsor, der sich wieder als Cheftechniker fühlte, verneigte sich tief. Damit war die Sitzung beendet.

Dritter Teil

DAS SCHLAFWASSER

DER ANGRIFF DER HOLZKÖPFE

Ilsor meldete über Mentacho den bevorstehenden Überfall der Außerirdischen auf die Smaragdenstadt.

Nach Mitternacht versammelte sich der Militärrat im Thronsaal des Smaragdenschlosses. Keine Minute durfte verloren werden. Alle beschäftigte nur ein Gedanke, wie sich die drohende Gefahr, die über dem Zauberland lag, abwenden ließe. Nach einem Tag ununterbrochenen Nachdenkens konnten sich die Mitglieder des Rates vor Müdigkeit kaum noch auf den Füßen halten. Dem Scheuch blätterte sogar die Farbe vor Überanstrengung ab. Ann mußte zu Farbtopf und Pinsel greifen, um ihm ein neues Gesicht anzumalen. Dem betrübten Eisernen Holzfäller rannen ununterbrochen Tränen über die Wangen, und er mußte, um nicht zu rosten, stündlich geölt werden.

Besonders schwer wurde Kaggi-Karr die Teilnahme an der Sitzung. Immer wieder fielen ihr die Augen unter den geschwollenen, schweren Lidern zu. Nur wenn sie den Kopf schüttelte, konnte sie sie wieder aufreißen. Als erster sprach der Scheuch. Wie immer unterschied sich seine Rede durch Kürze und seine schon sprichwörtliche Weisheit. Er sagte:

„Wir dürfen den Fremdlingen nicht die Initiative überlassen. Während die Wasserleitung verlegt wird, müssen wir andere Offensiven starten. Wir müssen den Fremdlingen unsere Taktik aufzwingen und sie in dic Verteidigung drängen. Was gibt es für Vorschläge?“ fragte der Gebieter. „Haltet euch kurz. Bedenkt, daß es dort, wo viele Worte gemacht werden, der Weisheit mangelt.“

Die Rede des Scheuchs wurde selbstverständlich gebilligt, doch keiner hatte es eilig mit Vorschlägen. Es fällt ja bekanntlich immer leicht, etwas dahinzureden. Viel schwieriger aber ist es, weise zu sein.

Als erster brach Faramant das Schweigen. Die langen Wachen am Tor regten zu ernsthaften Überlegungen an. Wenn ihr einen guten Rat braucht, wendet euch also vertrauensvoll an den Torhüter. Er hat sie massenweise parat.

„Wir müssen einen Überfall auf das Lager der Fremdlinge unternehmen“, sagte Faramant. „Es muß ein machtvoller Überraschungsangriff werden. Vor allem aber müssen die Hauptwaffen der Fremdlinge, die Strahlpistolen, unwirksam gemacht werden. Kurz, als Ausführende sehe ich keinen, außer den Holzköpfen.“ Hier unterbrach ihn Din Gior, der als Feldmarschall für die Erfolge der militärischen Unternehmungen im Zauberland verantwortlich war.

Er sprach:

„Faramants Gedanke gefällt mir. Es fragt sich nur, ob die Holzköpfe in der Lage sind, die Operation durchzufüh-

ren. Wir haben ihnen freundliche Gesichter angemalt, wissen aber nicht, wie sich diese Veränderungen auf ihre geistigen Fähigkeiten ausgewirkt haben. Ich habe nichts gegen den Vorschlag, denke nur, daß wir diesen Umstand diskutieren müssen: Davon hängt der Ausgang der Operation ab." Hier war also Widerspruch lautgeworden. Es war an der Zeit für den Weisen, sich einzumischen. Deshalb sagte der Scheuch:

„Wer gütig ist, ist auch klug. Ein Dummkopf kann kein gütiges Antlitz haben. Dazu fehlt es ihm an Verstand. Offensichtlich finden wir keine besseren Kämpfer als die Holzköpfe. Wir müssen nur darüber nachdenken, wie wir sie vor den Strahlpistolen schützen. Der Strahl tötet sie nicht, kann aber die hölzernen Körper in Brand setzen. Welcher Meinung sind die Ratsmitglieder?"

„Man könnte den Holzköpfen nasse Umhänge geben", krächzte Kaggi-Karr. Ihre Angewohnheit, Ratschläge zu erteilen, siegte über ihre Müdigkeit.

„Umhänge trocknen rasch an der Sonne und im Wind. Das geht also nicht“, äußerte sich endlich der Eiserne Holzfäller, der bislang kein Wörtchen sagen konnte, weil alle Mitglieder des Militärrats durcheinander redeten.

„Wir müssen die Holzköpfe mit Spiegelschilden ausstatten“, sprudelte der Scheuch hervor. Als Enzyklopädist hatte er niemals Schwierigkeiten mit passenden Ratschlägen. Selbstverständlich war nun Cunning an der Reihe, sich zu äußern, da es um technische Lösungen auf der Grundlage wissenschaftlicher Kenntnisse ging.

„Spiegelschilde sind nicht nur ein hervorragender Schutz gegen die Strahlwaffe“, bemerkte er. „Wenn man sie zudem in Form eines Zerrspiegels anordnen würde, so kann man die Strahlenenergie sammeln und sie reflektieren, so daß sie auf die Fremdlinge zurückfällt.“

Damit hätte die Beratung beendet werden können, da man sich darüber einig war, den Menviten mit einer eigenen Angriffsoperation zuvorzukommen. Es war klar, wer die Operation ausführen sollte. Es war klar, wie man sich gegen die Waffe der Fremdlinge schützen konnte. Man hatte außerdem eine Methode herausgefunden, um diese Waffe gegen ihre Erfinder zu kehren. Die Vorbereitungen auf den Überfall nahmen nicht viel Zeit in Anspruch. Während kunstfertige Meister die Messingschilde anfertigten und sie nach einem Rezept von Cunning mit einem Quecksilberbelag versahen, damit sie spiegelblank glänzten, exerzierten die Holzköpfe unter Befehl von General Lan Pirot Umgruppierungen, um in der Bewegung die Strahlenenergie zu reflektieren und sie abwechselnd auf die verschiedensten Gegenstände zu lenken.

Lan Pirots tänzerische Begabung und seine Erfahrungen als Befehlshaber waren hervorragend geeignet für die Ausbildung der Holzköpfe mit Spiegeln in Fußordnung.

Um den Plan der Operation geheimzuhalten, gab man den Holzköpfen statt Spiegeln jedoch farbige Reifen in die Hände.

Voller Interesse beobachteten die Einwohner des Zauberlandes die Übungen des Tanzensembles der Holzköpfe unter Leitung von Lan Pirot, obwohl sie nicht begreifen konnten, warum die Holzsoldaten angesichts der drohenden menvitischen Gefahr so unbeschwert ihre Kurzweil trieben. Doch wie dem auch immer sein mochte, alle fanden Gefallen an dem unerwarteten schönen Volksfest.

Das Auftreten des Ensembles hatte noch einen anderen Vorzug. Vom Bord des Helikopters, der die Smaragdenstadt ständig beobachtete, erhielt General Baan-Nu ein Telegramm folgenden Inhalts: „Die Bellioren tanzen".

Mögen sie ruhig v eitertanzen, dachte der General, als er dieses Telegramm las. Am besten tanzt der Sieger.

Am nächsten Morgen ließ Feldmarschall Din Gior die Truppen, die an dem Überfall teilnehmen sollten, zum letzten Appell antreten. Er betrachtete die fröhlich lächelnden Gesichter der Soldaten und wurde finster. Sie erschienen ihm zu leichtfertig. Fast mürrisch fragte er Lan Pirot:

„Sind Sie sich über die Bedeutung dieses Auftrages überhaupt im klaren?"

Der hölzerne General lachte von einem Ohr bis zum anderen.

„Zu Befehl, jawohl, Euer Hochwohlgeboren, Herr Feldmarschall." Er machte ein paar fröhliche Tanzschritte.

Din Gior seufzte bedenklich. Wenn der General so

leichtfertig war, was sollte man dann erst von den Soldaten erwarten?

„Werden Sie mit der Aufgabe fertig?“ fragte er noch finsterer.

„Bitte sich nicht zu beunruhigen, Euer Hochwohlgeboren“, entgegnete Lan Pirot. „Da alles gut bedacht wurde, wird der Erfolg nicht auf sich warten lassen. Alles wird aufs beste erledigt.“ Wieder tänzelte er fröhlich vor dem Feldmarschall hin und her.

Als in das Kriegshorn gestoßen wurde, formierte sich die Abteilung zur Marschkolonne, alle Soldaten hoben ihre Schilde und liefen zu Hurrikaps Schloß. Ohne Atempause legten sie die Entfernung von der Smaragdenstadt bis zur Waldwiese vor Ranavir zurück.

Die Wachposten der Außerirdischen bemerkten die Holzköpfe rechtzeitig. Sie gaben Alarm, alle Abteilungen der Menviten wurden auf die Beine gebracht und waren bereit, ihre erprobten Waffen, die Strahlpistolen, in Anwendung zu bringen. Sie irritierte lediglich, daß die Belllioren selbst zum Angriff übergegangen waren.

Sie sind uns also zuvorgekommen bei den Kriegsvorbereitungen. Jetzt müssen wir ihren Angriff zurückschlagen. Es ist an uns, diese selbstsicheren Bellioren Mores zu lehren, dachten die Menviten.

Inzwischen hatte sich die Abteilung der Holzköpfe in der Bewegung zur Kette umgruppiert. Diese Kette schloß sich nun und bildete auf der Waldwiese einen großen

Halbmond, der von den glänzenden Schilden abgedeckt war. Ohne die Geschwindigkeit zu vermindern, bewegte sich der Halbmond auf die menvitischen Abteilungen zu.

Auf Befehl schalteten die Außerirdischen ihre Strahlpistolen ein. Im selben Augenblick ertönten Schreckensschreie aus ihren eigenen Reihen. Die Strahlen der Pistolen, die von dem spiegelblanken Halbmond reflektiert wurden, schlugen mitten in einer menvitischen Abteilung ein.

Bevor die Außerirdischen erkannten, daß sie sich selbst verwundeten, und nach allen Seiten davon rannten, stürzten mehrere Menviten, die starke Verbrennungen erlitten hatten, zu Boden.

Ohne Zeit zu verlieren, drehte sich der Spiegelhalbmond und setzte mit dem von den Schilden gesammelten Strahl der noch nicht abgeschalteten Pistolen eine Tonne mit dem Kerosin für die Helikopter in Brand. Dann sprang der Strahl über auf die Werkstatt, aus der sofort Rauchschwaden aufstiegen. Als die Menviten sich endlich besannen, schalteten sie ihre unglückseligen Pistolen ab und setzten Kartätschen ein. Sofort bildete der Halbmond eine Kette, die Holzköpfe hingen sich ihre Schilde auf den Rücken und traten die Flucht an.

Als die Brände gelöscht und die Verwundeten verbunden waren, betrachteten die Menviten ungläubig die vom Gegner zurückgelassenen Trophäen: Es waren ein paar blaue und gelbe Holzspäne, die von den Holzsoldaten abgesplittert waren, als die Kartätschen losballerten.

Die zuversichtliche Stimmung der Eroberer machte großer Verzagtheit Platz.

Am selben Tag wurde das gesamte Holzheer repariert.

Man malte den Soldaten neue Uniformen an, gab ihnen neue Epauletten und Medaillen, und der frischgestrichene strahlende Lan Pirot bekam sogar goldene Schulterstücke und ein Ordensband über die Schulter.

DIE OPERATION „SCHRECKEN“

Der Scheuch wandte sich gegen Faramants Vorschlag, die Smaragde, um sie vor der Vernichtung zu bewahren, von Stadttoren und Mauern, von Straßen und Hausdächern zu entfernen. Das hätte seiner Meinung nach bedeutet, die Angst vor dem Feind einzugestehen, was gleichbedeutend damit war, ihm sich auf Gnade und Ungnade auszuliefern.

„Mit den Smaragden macht der Kampf mehr Spaß“, behauptete der Scheuch. „Die grünen Steine müssen weiter leuchten. Das wird uns helfen. Mögen die Steine in allen Regenbogenfarben schillern!“

„Das stimmt. Die Smaragdenstadt darf nicht ohne Smaragde bleiben“, nickte Feldmarschall Din Gior.

Da die Smaragde nicht entfernt würden, sondern den Kämpfenden vielmehr helfen sollten, wurden sie auf Hochglanz poliert, damit sie noch strahlender leuchteten. So erstand die Smaragdenstadt vor dem Überfall der Menviten in all ihrer Großartigkeit. Die Einwohner und alle wundersamen Geschöpfe des Zauberlandes beschlossen, sich zu ihrer Verteidigung zu erheben. Doch was konnten sie gegen die Fremdlinge ausrichten? Sie konnten nur mutig sein. Das aber ist schon sehr viel.

Die Mutigsten in der Armee des Zauberlandes waren

die eisernen und die hölzernen Geschöpfe: Tilli-Willi, der Eiserne Holzfäller und die Holzköpfe unter Lan Pirot. Die Holzköpfe hatten bereits die Feuertaufe im Kampf gegen die fremden Eindringlinge bestanden. Tilli-Willi schärfte seinen Degen, den vierzig Menschen nur mit Mühe von der Stelle bewegen konnten. Sein riesiger Schild glänzte wie ein Spiegel und reflektierte die Sonnenstrahlen auf die gegnerische Seite. Das war keine schlechte Kriegslist, die er sich bei den Holzköpfen abgesehen hatte.

Der Eiserne Holzfäller mit seiner schweren Axt konnte ebenfalls, wenn er auch zehnmal kleiner war als sein eiserner Gefährte, der Ritter, erbittert kämpfen.

Din Gior machte sich leidenschaftlich an die Arbeit. Nicht umsonst hatte er aus den Chroniken, die in der Schatzkammer hinter dem Thronsaal aufbewahrt waren, die Beschreibungen aller berühmten Schlachten, die irgendwann einmal im Zauberland geschlagen worden waren, fast auswendig gelernt. Vor allem verteilte er mit Sachkenntnis die vorhandenen militärischen Kräfte. Er baute rund um die Stadt eine Gefechtssicherung auf, in der die Städter mit Gewehren und Revolvern, welche Cunning verteilte, ausgerüstet waren. Alfred persönlich befehligte sie.

Die Städter schossen nicht schlecht: Von jeweils fünf Kugeln traf eine das Ziel. Für Menschen, die bislang keinem einzigen Geschöpf etwas zuleide getan hatten, war so ein Ergebnis ein Erfolg, der sich sehen lassen konnte.

Unbeweglich standen auf Mauern und Türmen die Beobachterposten. Durch sie würde die Armee rechtzeitig von der Annäherung des Gegners erfahren. Din Gior ließ die Hauptkräfte, einschließlich Tilli-Willis und des Eisernen Holzfällers, in der Stadt Aufstellung nehmen. Er bedachte auch die Reserve. Sie wurde aus den Holzsoldaten unter Befehl von Lan Pirot gebildet. Man versteckte sie im Wald unter dem Laubwerk der Sträucher. Um die Verbindung mit dem Feldmarschall aufrechtzuerhalten, wurden überall Läufer aufgestellt. Das Wichtigste aber für die Verteidigung der Smaragdenstadt hatte Alfred Cunning bedacht. Auf seine Anweisung nähte Ann zusammen mit den Frauen der Zwinkerer, der Erzgräber und allen anderen Einwohnern, die eine Nadel führen konnten, Stich um Stich Säcke aus festem grauem Stoff. Das war genauso ein militärischer Auftrag wie die Schießübungen. Den grauen Stoff hatte Ilsor zum Teil aus den Vorräten der „Diavona“ an sich gebracht, zum Teil hatte Mentacho ihn gewebt.

Als die Näharbeiten beendet waren, entzündete man Riesenfeuer in der Stadt und hielt die Säcke darüber, um

sie mit Heißluft zu füllen. Dann hingen sie wie Luftballons über der Stadt.

Während die Feuer angezündet und die Luftballons vorbereitet wurden, flog der zahme Drache Oicho am Himmel entlang, um die Menviten abzulenken.

Im Lager der Außerirdischen bereitete man sich auch zum Überfall auf die Bellioren vor. Die Arsaken reparierten unter der nimmermüden Aufsicht der menvitischen Flieger und Ingenieure, die ihnen keine Atempause ließen, die beschädigten Helikopter und die zerstörten Geräte, bauten statt der verschwundenen neue Details ein und luden die Kartätschen auf.

Sie waren es auch, die als erste am Himmel ein geflügeltes Ungeheuer entdeckten, das einer Echse glich. Es schwenkte die riesigen Schwingen, die wie hartes Leder wirkten, und ließ seine kräftigen Krallen am gelben schuppigen Leib hinabhängen. Zwischen den langen scharfen Zähnen leuchtete aus dem aufgerissenen Schlund die rote Zunge wie eine Flamme.

„Schaut, schaut nur!" schrien sofort mehrere Arsaken. „Eine fliegende Echse!" Kau-Ruck überprüfte gerade seinen Helikopter. Aufmerksam blickte er zum Himmel auf.

„Woher kommt dieses vorsintflutliche Fossil?" fragte er. Sofort begab er sich zu Baan-Nu.

„Blicken Sie zum Himmel auf, mein General!" wandte sich der Pilot an Baan-Nu. „Sehen Sie etwas?"

„Ein Drache?" fragte der erstaunte General, der glaubte, seinen Augen nicht zu trauen. Mit stockendem Herzen verfolgte er Oichos Flug.

„Vielleicht sollten wir mit der Operation ‚Schrecken'

ein wenig warten?“ Fragend sah Kau-Ruck den General an.

„Nein“, erwiderte der General entschieden. „Der Gefechtsstart darf nicht wegen irgendwelcher Geschichten der Erdenbürger abgeblasen werden. Wir müssen diesen irdischen Phantastereien ein Ende machen, je eher, desto besser.“

Bald kam der Tag, den Baan-Nu für die Operation vorgesehen hatte. Die Helikopter flogen die Smaragdenstadt an. In jeder Maschine saß neben dem Piloten ein Schütze. Die Flieger hatten große Schatullen für die Smaragde und andere Schätze an Bord. Sie glaubten Baan-Nu, der ihnen versprochen hatte:

„Nach der Schlacht werden sich eure Schatullen bis an den Rand füllen. Zunächst bringt ihr sie nach Ranavir, mir zur Aufbewahrung. Dann nehmt ihr sie mit nach Rameria. In der Heimat werdet ihr steinreich werden.“

Die Helikopter flogen ihrem Ziel entgegen, die Besatzungen verständigten sich über Funk. Doch während die Staffel, bestehend aus 30 Maschinen, von Ranavir zur Smaragdenstadt flog, schnitt ihnen, aus dem nördlichen Teil der Weltumspannenden Berge kommend, eine andere Staffel den Weg ab. Es waren die Adler von Karfax. Die Adler hatten, nachdem eine Kanone der Außerirdischen Goriek verwundet hatte, besondere Vorsicht walten lassen. Von Natur aus waren diese Riesenvögel zwar ungesellig, aber auch sie gehörten zu den Bewohnern des Zauberlandes. Als Karfax bemerkte, daß die Fremdlinge Böses im Schilde zu führen schienen, beauftragte er seine Stammesgefährten, von den ungebetenen Gästen kein Auge mehr zu lassen.

Deshalb flogen die Adler, als sie die kriegerischen Absichten der Helikopterstaffel bemerkten, sofort den Menviten entgegen. Bis zur Stadt waren weniger als dreißig Meilen geblieben, als Komandant Mon-So und die anderen Piloten auf ihrer Flugbahn in der Ferne dunkle Punkte zu sichten glaubten, die Vögeln ähnelten. Sie verschwanden, um unmittelbar vor den Helikoptern wieder aufzutauchen. Das seltsame Tosen verstärkte sich.

Da fiel ein grauschwarzer Schatten, der aus einer Wolke zu kommen schien, auf den Spiegel vor Mon-So. Das seltsame Tosen wurde zu einem kriegerischen Adlerschrei. Neugierig ließ Mon-So das Seitenfenster neben seiner Pilotenkanzel herab und blickte hinaus … Das hätte ihn fast das Leben gekostet. Ein eisiger Luftstrom, von einer Riesenschwinge aufgewirbelt, drückte Mon-So in seinen Pilotensitz zurück. Beinahe wäre er aus dem Helikopter geschleudert worden.

Eher aus Angst als irgendwelchen Überlegungen folgend, drehte Mon-So das Fenster hoch und wendete den Helikopter. Als er sich hastig nach allen Seiten umblickte, bemerkte er, daß die anderen Maschinen ebenfalls überfallen wurden. Mit ausgebreiteten Schwingen stürzten sich die Adler auf die Helikopter.

„Na, mein General, was machen wir?" Über Funk vernahm Mon-So Kau-Rucks spöttische Stimme. „Wie gedenken Sie den Überfall dieser Riesentiere zurückzuschlagen? Sollten wir nicht lieber gleich das Spiel aufgeben? Was Sie machen, interessiert mich nicht. Ich für meinen Teil kehre um. Ich will weder selbst umkommen noch diese stolzen Vögel töten. Daß wir gegen Adler kämpfen werden, gehört nicht zu unserer Abmachung!"

„Ich verbiete es Ihnen!" schrie Mon-So mit sich überschlagender Stimme. „Sie werden sich vor Baan-Nu verantworten!"

„Verstehen Sie doch“, auch Kau-Ruck schrie jetzt, da rundum Lärm toste, „die Schlacht ist völlig sinnlos. Weshalb sollen wir so edle Vögel abschießen und selbst dabei zugrunde gehen?“

„Feigling!“ bellte Mon-So.

Doch Kau-Ruck, der gar nicht mehr recht hinhörte, was Mon-So ihm zurief, wendete entschlossen seinen Helikopter und flog zu einer stillen Waldwiese.

Ein erbitterter Luftkampf begann.

Wie schwere Steine ließen sich die Adler auf die Helikopter fallen und packten sie mit ihren mächtigen Schwingen. Ihre riesigen Schnäbel tauchten vor den Sichtfenstern der Flieger auf. Es wurde stockdunkel. Unsicher tasteten die Piloten nach den Steuerknüppeln. Blindlings feuerten die Schützen ihre Strahlpistolen ab. Doch für die Riesenvögel bedeuteten diese Schüsse keine Gefahr. Viel gefährlicher war für sie die routierende Steuerschraube des Helikopters. Sie zerfleischte ihren Körper. Aufgepeitscht von dem Schmerz, schlugen die Adler nur noch wilder mit den Schwingen um sich. Die Piloten ließen die Steuerknüppel fahren, und die Helikopter gerieten außer Kontrolle. Einige Flugapparate stürzten ab. Aber auch die Adler fanden den Tod. Karfax, der sah, wie seine Gefährten umkamen, stieß von unten gegen einen Helikopter, schlug mit den Schwingen gegen die Maschine, krallte sich am Fahrgestell fest und rüttelte es, bis der Helikopter in der Luft umkippte. Einen Moment hing er reglos in der Luft, um dann in die Tiefe zu stürzen und zu explodieren.

Nachdem Karfax auf diese Weise einen Helikopter außer Gefecht gesetzt hatte, stürzte er sich auf den zweiten und auf den dritten …

Ein Teil der Adler griff die Helikopter an der kleinen Heckschraube an. Sie stießen kriegerische Schreie aus, verkrallten sich in den Maschinen, zerbrachen sie mit ihren kräftigen Fängen und hackten sie mit den scharfen Schnäbeln wie mit schweren Äxten kurz und klein.

Ununterbrochen belferten die Strahlpistolen, allerdings erfolglos. Die Adler, vorsichtig geworden, wichen vor den Sichtfenstern zurück. Sie starteten ihre Angriffe von unten oder vom Heck aus und ließen erst dann vom Helikopter ab, wenn der Pilot die Herrschaft über ihn verloren hatte.

Die Riesenvögel verbreiteten mit ihrem erbitterten Kampfwillen Panik und Schrecken unter den Außerirdischen. Einen Schrecken, den die Fremdlinge in die Smaragdenstadt hatten tragen wollen, um die Erdbewohner in die Knie zu zwingen.

Din Giors Armee nahm an dieser Schlacht nicht teil, doch seine Soldaten waren die leidenschaftlichsten Zuschauer, die man sich vorstellen konnte. Mit begeistertem Gebrüll reagierten sie auf jeden Erfolg der verbündeten Adler und stöhnten angstvoll, wenn ein Vogel in den Abgrund fiel. Tilli-Willi rannte lange hinter einem abstürzenden Helikopter her in der Hoffnung, ihn mit seinem Degen zu spalten. Doch der Helikopter blieb in der Krone einer riesigen Eiche hängen und zerschellte.

Endlich ergriffen die Außerirdischen die Flucht. Mit verbogenen Schrauben, mit beschädigten Motoren, mit zerschlagenen Fahrgestellen gelangten die Helikopter schaukelnd nach Ranavir. Die leeren, für die Smaragde bestimmten Schatullen hatten die Piloten längst über Bord geworfen. Das Vogelheer versperrte jedoch den flüchtenden Feinden auch den Weg in Hurrikaps Tal. Nur zehn Helikopter erreichten das Lager. Mon-So konnte sich mit Mühe und Not retten. Seine Meldung, vor allem aber der Anblick der zerstörten Helikopter, erschütterten Baan-Nu zutiefst. Der General, der sich noch vor kurzem allmächtig gedünkt hatte, wurde von Angst geschüttelt. Er konnte nicht begreifen, was in diesem kleinen Land vor sich ging, das so schüchterne Geschöpfe bewohnten.

Der Dolmetscher Mentacho suchte den General davon zu überzeugen, daß die Adler Ranavir nicht überfallen würden, hegten sie doch keinerlei feindliche Absichten. Aber Baan-Nu zitterte weiter vor Schreck, und die Angst verließ ihn nicht mehr.

Nach einigen Tagen ehrten die Gebieter der Smaragdenstadt, des Violetten Landes sowie die gütigen Feen Willina und Stella den mutigen Karfax mit den höchsten Orden ihrer Staaten.

Der Scheuch befahl, in der Chronik ausführlich die historische Schlacht zu beschreiben. Gewissenhaft erfüllten die Zwerge seinen Auftrag.

DIE LETZTE HOFFNUNG DER MENVITEN

Finster blickte der General in den Spiegel und verhielt seinen lautlosen gemessenen Schritt. Er setzte sich so schwerfällig in den Sessel, als ließen sich zusammen mit seinem Körpergewicht auch all seine Sorgen nieder. Noch niemals während des gesamten Aufenthalts auf Belliora hatte er sie so deutlich gespürt. Die Mißerfolge

der letzten Tage drückten ihm auf Schultern und Brust, vor allem aber schmerzte ihm entsetzlich der Kopf.

Was tun? Was geht hier bloß vor sich? überlegte der Menvitenführer. Der Luftangriff auf die Smaragdenstadt war also ein völliges Fiasko geworden. Wer weiß, vielleicht haben die Bellioren, während wir auf Rameria die modernste Technik entwickelten, Naturgeheimnisse entdeckt, die uns noch unbekannt sind? Warum haben die Riesenadler die Helikopter überfallen? Ob die Leute aus Goodwinien sie das gelehrt haben? Und der Überfall der Nagetiere? War das ein Zufall gewesen oder ein tollkühner Streich? Warum ließen diese attackierenden Gestalten Holzspäne zurück? Eines war klar. Die Bellioren haben erraten, daß wir sie unterwerfen wollen. Nun, wenn es uns mit Körperkraft nicht gelungen ist, so werden wir es eben mit Hinterlist bewerkstelligen. Dabei wird uns die Sprechmaschine helfen. Sie versagt nie.

Der General nahm eine silberne Glocke vom Tisch und klingelte ungeduldig. Sofort öffnete sich die Tür, und auf der Schwelle des Arbeitszimmers stand Ilsor.

„Ilsor, ist alles bereit zum Test?“ fragte Baan-Nu.

„Die Maschine ist bereit. Oberst Mon-So hält zwei Erdbewohner für Sie bereit. Wir können mit dem Test beginnen, mein General.“

Diese Meldung beruhigte Baan-Nu. Er würde sich zumindest nicht mehr von den Ereignissen überrumpeln lassen, sondern seinem Willen alles andere unterordnen.

„Mit dem Test ist sofort zu beginnen. Außer Kau-Ruck, Mon-So und dir hat keiner anwesend zu sein“, verfügte Baan-Nu.

Der für die Menviten gegenwärtig wichtigste Test sollte unter Leitung des Generals im Blauen Häuschen stattfinden. Alle begaben sich dorthin.

Baan-Nu befahl:

„Wir fangen mit Mentacho an.“

Mentacho und Elvina, die fühlten, daß im Blauen Häuschen etwas Ungewöhnliches vor sich ging, hatten sich gleich neben der Tür auf Stühle gesetzt. Sie glaubten, daß man sie sofort in die Pilze schicken würde. Stattdessen begrüßte Baan-Nu jedoch den Weber mit dem unerwarteten

Ausruf:

„Sei gegrüßt, hochverehrter Belliore!“

Mentacho dachte: Da soll nun einer diese Generale begreifen! Höflich erwiderte er auf Menvitisch:

„Sei auch du gegrüßt, mein Gebieter.“

Baan-Nus Gesicht verfinsterte sich. Er warf Kau-Ruck einen kurzen Blick zu.

Mentacho trägt zu dick auf, überlegte er. Gebieter ist noch ein bißchen früh. Aufmerksam blickte er dem Weber ins Gesicht und befahl ohne lange Vorreden:

„Stell mal deinen Stuhl hierher und geh zur Sprechmaschine.“

Mentacho rührte sich nicht. Er starrte vor sich hin. Das tat er immer, wenn er mit Baan-Nu sprach. Deshalb begriff er jetzt auch nicht, an wen die letzten Worte gerichtet waren, und zeigte nicht das geringste Interesse, es herauszubekommen.

„Erzähle, ohne etwas zu verheimlichen, was dich bewegt, Mentacho“, bat der General und durchbohrte mit den Blicken das Gesicht des Webers. Doch der verbarg seine schlauen Augen unter halbgeschlossenen Lidern.

„Was soll mich schon bewegen“, erwiderte Mentacho langsam und kratzte sich den Kopf. „Mich bewegt gar nichts. Ich finde es lediglich langweilig bei Ihnen. Elvina und ich haben keinen, mit dem wir uns unterhalten können, außer mit dieser komischen Kiste“, der Weber wies mit einer Kopfbewegung auf die Sprechmaschine.

Mit dem kommen wir nicht weit, dachte Baan-Nu. Er hat nicht nur unsere Sprache erlernt, sondern weiß auch, weshalb wir ihn brauchen. Umso schlimmer für ihn! Wir werden ihn für ewige Zeiten von den Einwohnern Goodwiniens isolieren.

„Lassen wir die langen Reden“, hub der General wieder an. „Geh spazieren, Mentacho. Sammle mit Elvina Pilze.“

Der Weber nahm das Körbchen und verließ mit seiner Frau den Raum.

Baan-Nu befahl:

„Bring die Neuen rein.“

Die Wachsoldaten führten einen Käuer ins Zimmer. Neugierig sah er sich um und betrachtete die Orden, die die Brust des Obermenviten schmückten.

„Sei gegrüßt, würdiger Sohn der Erde“, begann der General freundlich und hob den Arm. Da schaltete etwas, ein Lämpchen leuchtete auf, und die Sprechmaschine wiederholte die Worte des Generals mit dessen Stimme, doch in der Sprache der Bewohner des Zauberlandes.

Der Käuer verzog sein Gesicht zu einem breiten Grinsen, verschränkte die Hände, einen Händedruck nachahmend, und sprach:

„Ich verneige mich vor dir, guter Mann.“

Die Maschine übersetzte die Worte des Käuers ins Menvitische. Der General blickte dem Bellioren starr in die Augen und befahl:

„Rede mit Ilsor."

Der Käuer blinzelte verwirrt:

„Wer soll mit Ilsor eine Rede halten?" Die Maschine übersetzte. Diesmal war es an Baan-Nu, sich zu verwundern.

„Man hält nicht mit jemandem, sondern vor jemandem eine Rede", erklärte er belehrend.

Ilsor drückte unbemerkt eine Taste, und die Sprechmaschine erklärte von allein, ohne fremde Hilfe:

„Man kann außerdem jemanden totreden, etwas totreden und sich selbst totreden, was Sie gerade tun, mein Gebieter."

Nur seine große Verblüffung ließ den General diese unglaubliche Frechheit ertragen. Erbost funkelte er den unschuldigen Käuer an:

„Schlag dir das aus dem Kopf, so redet man nicht mit einem General!" sagte er kurz.

Auf dem Gesicht des Bellioren spiegelte sich äußerstes Erstaunen.

„Ich bin ja bereit, mir den Kopf abzuschlagen, verstehe bloß nicht, was das mit einem General zu tun hat und was Ihnen das ganze nutzt?" stammelte er.

„Was drischst du leeres Stroh, Eierkopf?" schrie Baan-Nu, der sich nicht mehr beherrschen konnte. Nun war der Käuer völlig verschreckt.

„Wenn ich Stroh dreschen würde, wäre ich eine Dreschmaschine. Aber was ist bitte ein Eierkopf? Wir kennen nur Spiegeleier, und die werden auf der Pfanne gebraten. Was wollen Sie von mir? Ich sehe, Sie sind verärgert. Aber ich wollte Sie wirklich nicht kränken. Erteilen Sie mir bitte Befehle, die ich verstehe. Sonst weiß ich ja nicht, was ich tun soll“, brachte er leise heraus und blickte Baan-Nu unterwürfig an.

„Mon-So!“ brüllte der General. „Wo haben Sie diesen Kupferschädel her?“

Mon-So nahm Haltung an und wollte Baan-Nu antworten, als Ilsor wiederum auf eine Taste drückte. In der Maschine knisterte es, und aufs neue ertönte ihre eigene heisere Stimme:

„Nun gebraucht er auch noch Schimpfworte, und das ist ein General. Kann nicht richtig erklären, was er will und beschimpft andere als Kupferschädel.“

„Ilsor, schalte sofort die Maschine ab. Mon-So, antworte, was versiehst du deinen Dienst so schlecht? Hast keine Lust, länger Oberst zu sein? Ich kann dich zum Leutnant degradieren!“ Der General kochte vor Wut.

„Bringt einen anderen Bellioren! Ilsor, schalte die Maschine ein!“

Baan-Nu, der sich noch immer nicht beruhigen konnte, wurde der zweite Käuer vorgeführt.

„Nimm ein Blatt Papier vom Fensterbrett“, sagte der General kurz zum Käuer und blickte ihm gebieterisch in die Augen.

Die Augen des Bellioren wurden rund vor Verblüffung, er drehte den Kopf wild nach rechts und links. Anscheinend suchte er etwas.

„Wo soll ich ein Blatt hernehmen? Ich kenne keine Blumen, die ‚Fensterbrett‘ heißen. Vielleicht meinen Sie einfach Fensterblumen? Aber wo sehen Sie am Fenster Blumen? Und was meinen Sie mit ‚Papier‘?“ fragte er schließlich den General. Entmutigt ließ er die Hände sinken.

„Was schwatzt er da zusammen?“ fragte der General Ilsor. Doch der schüttelte auch nur erstaunt den Kopf.

„Das sind alles nur sinnlose Wortreihen. Offensichtlich übersetzt die Maschine nicht alles richtig“, erwiderte der Diener ruhig. „Mein General, gestatten Sie mir, dem Bellioren eine Frage zu stellen, um das Mißverständnis zu klären.“ Unterwürfig blickte Ilsor den General an.

„Handle, Ilsor“, nickte Baan-Nu.

Ilsor flehte:

„Würdevoller Sohn der Erde, antworte mir, wer regiert in der Smaragdenstadt?“

„Der Weise Scheuch.“

„Ilsor, der saugt sich was aus den Fingern. Wie kann ein Regent solchen Namen haben?“

Verständnislos starrte der Käuer, kaum, daß die Maschine die Worte des Generals übersetzt hatte, Baan-Nu an:

„Wie kann ich mir etwas aus den Fingern saugen, wenn ich gar nicht am Finger lutsche?“

„Wa-as, schon wieder diskutieren?“ brüllte Baan-Nu. „Du wirst mich gleich begreifen, Idiot. Wir benutzen einfach zu viele Worte. Dein unterentwickeltes Gehirn kann sie nicht verdauen. Die Sprache der Befehle ist für dich einfacher.“

„Nimm ein Blatt“, Baan-Nu nahm einen Bogen Papier vom Fensterbrett, „und zeichne mir euer Ungetüm.“

Der Käuer überlegte und malte einen Säbelzahntiger mit riesigen Hauern.

„Hab ich mir doch gleich gedacht, daß er nicht vom Regenten spricht“, bemerkte Baan-Nu befriedigt. „Stramm gestanden“, befahl er mit so metallischer Stimme, daß der Käuer, die Hände an der Hosennaht, vor Schreck fast bis zur Decke sprang. „Im Laufschritt marsch!“ befahl der General mit funkelnden Augen. „Marsch!“

Der Käuer, der zwei Sprünge getan hatte, verfiel plötzlich in den Paradeschritt, zuckte dann zusammen, wollte loslaufen, besann sich jedoch und begann bei dem Wort „Marsch“ im Laufschritt zu marschieren.

„Wache!“ kreischte Baan-Nu. „Gerbt dem Idioten das Fell.“

„Sie sind General und somit der bedeutendste Herr hier. Erklären Sie mir also“, bat der Käuer, „was ermahnen Sie mich wachzubleiben? Am hellichten Tag schläft doch sowieso keiner. Und wie wollt ihr Felle gerben, wo es weit und breit keine Gerbergesellen gibt?“

Die Maschine blinzelte dem Käuer zu und murmelte etwas auf Menvitisch. Der General lief dunkelrot an und rannte ohne ein weiteres Wort aus dem Zimmer.

Kau-Ruck und Ilsor wechselten einen Blick. Der Pilot zuckte die Schultern.

Warum ist der General nur so nervös? überlegte Mon-So und folgte ihm hastig.

URFIN HILFT DEN ARSAKEN

Urfin beobachtete alles und bemerkte alles. Ihm schien, daß die Abenteuer der Menviten mit den Schwarzen Steinen von Gingema noch nicht die letzten waren. Immer wieder mußte er darüber nachdenken. Eines Tages machte er sich kurzentschlossen auf in die Große Wüste. Er hatte keine Angst vor den magischen Kräften der Schwarzen Steine. Schließlich war er einstmals Gehilfe der bösen Hexe Gingema gewesen, und ihre Zaubereien konnten ihm nichts anhaben.

Urfin nahm aus alter Gewohnheit eine Säge mit. Er mußte stets ein Handwerkszeug bei sich tragen. Eigentlich konnte er mit der Säge sowieso nichts anfangen. Nicht, weil die Rollsteine so riesengroß waren. Man kann mit einer Säge keinen Stein zersägen, umso weniger einen Zauberstein. Die Säge würde ihn nicht einmal ritzen. Urfin kletterte also auf einen der schwarzen Wunderwerke von Gingema und machte es sich dort bequem. Ihm fiel eine Untat der bösen Hexe nach der anderen ein. Doch so sehr sich der berühmte Gärtner auch anstrengen mochte, er erinnerte sich keines einzigen Zauberspruchs. Alles Böse war längst vergessen, und außerdem läßt sich Böses durch Böses nicht ausrotten.

Miteins kam ihm ein glänzender Gedanke:

„Wenn ich nun ein riesiges Feuer entzünde und diesen Stein hier erhitze? Alle Zauberei beginnt doch mit dem Feuer.

Gedacht, getan. Auf seinem Schubkarren beförderte er Reisig heran. Dann legte er rund um den schwarzen Stein ein riesiges Feuer. Die Flammen loderten auf und umzingelten gierig den Rollstein, der sich immer mehr erhitzte.

Plötzlich begann die Aufschrift „Gingema“ zu schmelzen und blasser zu werden. Urfin bekam einen fürchterlichen Schreck: Wenn er nun zuviel des Guten getan hatte und die ganze Zauberei der Hexe sich in Dunst auflöste? Er rannte schleunigst zur Quelle, sprang dann um den Stein herum und besprengte ihn mit Wasser aus den Eimern und aus einer kleinen Tonne. Der schwarze Rollstein heulte, dehnte sich und zersprang in kleine Stücke. Das Seltsamste aber war, daß auf jedem Teilchen die Aufschrift „Gingema“ prangte. Das freute Urfin unsagbar. Etwas Besseres hätte er sich nicht wünschen können. Mit seinem Schubkarren beförderte er mehrere Fuhren dieser Steinbrocken zu seinem Anwesen.

Fortan ließ ihm die Überlegung keine Ruhe mehr, wie er die verzauberten Steine nützlich verwenden könnte.

Munter karrte Urfin sein Gemüse den schmalen Waldweg entlang. Beim Anblick der appetitlichen Gurken, Erdbeeren und Nüsse lachte sogar einem erfahrenen Gärtner wie ihm das Herz im Leibe. Wenn nur die schweren Gedanken nicht gewesen wären!

Unentwegt überlegte er: Wie ließen sich dem Anführer der Menviten die Smaragde entwenden? Der hatte sie in solchen Mengen angehäuft, daß man mit ihnen ein ganzes Volk, die Arsaken auf der fernen Rameria, befreien könnte.

Plötzlich fiel Urfin der Bogen Papier ein, den die Krähe seinerzeit Baan-Nu gestohlen hatte. Kaggi-Karr hatte damals gedacht, daß sie den Plan für eine wichtige militärische Operation an sich gebracht hatte. Als Ilsor den Text gelesen hatte, gab es viel zu lachen: Über den General und über seine erfundenen wilden Abenteuer. Auf die Dauer weckten die Werke des kriegerischen Phantasten allerdings kein Interesse. Sie gerieten in Vergessenheit, nur Urfin erinnerte sich miteins, daß es den General nach Abenteuern dürstete. Der Gärtner dachte bei sich: Wir wollen dafür sorgen, daß Baan-Nu mit den Steinen der Gingema ein Abenteuer erlebt.

Wenn die Zauberbrocken auch klein sein mochten, hatte doch jeder die Größe eines Pflastersteins. Wie sollten sie nur unbemerkt dem Chef der Menviten in die Hände gespielt werden? Legte man den Stein irgendwo hin, so würde der General ihn nicht beachten. Er fiel ja nur durch die Aufschrift auf.

Gingemas Souvenir konnte man leicht mit dem Gemüse ins Schloß schaffen. Das war nicht schwer. Aber wie weiter? Viele Male mußte Urfin den Schubkarren zwischen seinem Garten und dem Schloß hin und her schieben, bis endlich sein Plan fertig war.

Eines Tages hörte er in der Küche, wie der Küchenchef einem Wachsoldaten von der Smaragdensammlung des Generals erzählte. Zu dieser Zeit konnte Urfin bereits einigermaßen Menvitisch sprechen.

Urfin murmelte vor sich hin: „Euer General mag ja reich sein. Aber seine Sammlung läßt sich wohl kaum mit den Schätzen aus der Geheimkammer von Hurrikap messen."

Der Koch war ganz Ohr: „Wo sind denn diese Schätze versteckt?"

„Hier, bei euch", erklärte Urfin. „Die Geheimkammer ist im Schloß. Nur hat man sie gut getarnt. Keiner kennt genau den Ort."

„Und woher weißt du davon?"

„Ein weiser Wanderer hat darüber in einem alten Buch gelesen."

Von diesem Tage an gingen der Chefkoch und der Wachsoldat mit Metallstäben durchs Schloß und klopften Wände und Dielen ab, um die versteckte Schatzkammer zu finden.

Einst weckte dieses Klopfen Baan-Nus Aufmerksamkeit. Der Koch wurde sofort zum General geführt. Bei dem Verhör gestand der arme Kerl, daß er die Geheimkammer suche.

„Du glaubst an diese Märchen?" Baan-Nu lachte spöttisch. Doch die Schätze gaben ihm keine Ruhe. Er wollte persönlich mit dem Gärtner sprechen. So eine Möglichkeit

GINGEMA

bot sich bald. Der General lauerte Urfin auf, als der gerade eine frische Fuhre Obst und Gemüse ins Schloß brachte, und schleppte ihn in sein Arbeitszimmer.

„Was weißt du über Hurrikaps Geheimkammer?" fragte er mit sich überschlagender Stimme.

Urfin hatte diese Frage erwartet.

„Ich weiß nur, daß sie sich in einem Schloßturm befindet", erwiderte der Gärtner. „Sie ist mit einem Stein, der die Aufschrift ‚Gingema' trägt, zugemauert. Aber Hurrikap hat seine Schätze vielleicht verzaubert. Auf alle Fälle hat keiner in unserem Land jemals nach ihnen gesucht."

Diese elenden Feiglinge. Aber das ist gut so. Ich werde die Schätze schon an mich bringen, dachte Baan-Nu bei sich und sagte laut:

„Urfin, bitte erzähle keiner Menschenseele etwas davon."

Um dem General die Suche zu erleichtern, vertauschte Urfin ein paar alte verwitterte Steine gegen besser erhaltene mit der Aufschrift „Gingema". Der Plan, den sich Urfin ausgedacht hatte, um dem Anführer der Menviten die Smaragde abzunehmen, erinnerte an Sportangeln mit mehreren Angelruten, die weit voneinander ausgelegt werden.

Am darauffolgenden Morgen brachte der Gärtner seine Früchte in die Küche und glitt unbemerkt am Wachsoldaten vorbei, um seine ausgelegten Angeln, die Zaubersteine, zu besichtigen. In einem dunklen Winkel des Schlosses sah er, was er bereits geahnt hatte: Der General krümmte sich in einer unnatürlichen Haltung. Neben ihm auf der Erde stand ein Leuchter. Die Kerze war zu einem Viertel heruntergebrannt. Baan-Nu war also erst vor kurzem in die Falle getappt. Schweigend versuchte er, seine Hand vom Stein loszureißen, was ihm jedoch nicht gelang. Angst und Gier kämpften in seiner Seele. Die Angst riet: Rufe nach Hilfe. Allein kommst du nicht frei. Doch die Gier flüsterte: Wenn du jemanden zu Hilfe rufst, mußt du die Schätze teilen. Gib dir Mühe und befreie dich selbst.

Vorerst hatte die Angst die Gier noch nicht besiegt. Urfin lief ins Arbeitszimmer des Generals, suchte die Schlüssel vom Safe und schüttete geschwind den Inhalt der Schatullen in einen Sack. Die Schatullen füllte er mit Steinen. Der Heimweg war schwer, doch der Gärtner schien die Last nicht zu spüren. Schließlich hatte Urfin das Mittel in der Hand, um ein ganzes Volk zu befreien.

Nachdem Urfin die Smaragde versteckt hatte, eilte er wieder mit seinem laut knarrenden Schubkarren ins Schloß. Die Kerze war inzwischen verlöscht, aber Baan-Nu schwieg noch immer, denn er hatte die Hoffnung nicht aufgegeben, sich allein zu befreien. Als der Obermenvite den Schubkarren hörte, rief er den Gärtner. Urfin kam und half dem General, sich von dem Magnetstein zu lösen. Während Baan-Nu sich in seinem Arbeitszimmer von diesem neuen Abenteuer erholte, ersetzte Urfin die Steine der Gingema rasch durch gewöhnliche.

Doch noch lange schlichen der General und der Chefkoch heimlich durchs Schloß auf der Suche nach Hurrikaps Schatzkammer. Baan-Nu konnte sich einfach nicht erinnern, an welcher Stelle ihn jene unsichtbare Kraft, die von dem Stein mit der Aufschrift „Gingema“ ausgegangen war, mehrere Stunden lang festgehalten hatte.

UNRUHIGE ERWARTUNG

An diesen für das Zauberland düsteren Tagen wurde unbemerkt von den menvitischen Eroberern unter der Erde ein schweres Werk vollendet. Die Brigade von Lestar und Rushero hatten nur einen einzigen Gedanken: Wasser, Wasser, Schlafwasser. Sie mußten es in das Lager der Fremdlinge schaffen.

Auch das graue Mäuseheer war einzig vom Gedanken an das Wasser erfüllt. Unverzagt hasteten die Feldmäuse hin und her. Raminas Untertanen erfüllten gewissenhaft ihren Auftrag. Nach wie vor hoben sie emsig das Erdreich aus und schafften es fort.

Rushero und Lestar waren keine Neulinge bei dieser Arbeit. Sie waren es gewesen, die seinerzeit die Quelle repariert hatten, als das Wasser durch die Schuld von Bilan versiegte. Das war unter der Herrschaft der sieben unterirdischen Könige geschehen. Die Rückkehr des Wassers erklärten sie mit einer Zauberei von Elli.

In Wirklichkeit hatten damals die Holzköpfe unter Leitung von Rushero und Lestar die Bohrarbeiten unter der Erde solange fortgesetzt, bis sie auf eine wasserführende Schicht gestoßen waren. Doch mit der Zeit war das nichtstandsichere Gebirge eingebrochen und hatte die Tonrohre, in denen das Wasser aufstieg, zerstört. Man beschloß, einen Brunnen auszuschachten und die Reste der Rohre zu beseitigen. Es war ein verhältnismäßig tiefer Brunnen, dessen Wände mit Bohlen abgestützt wurden. Die Bohlen wurden aus dem Land der Käuer herbeigeschafft. Der Herrscher der Käuer, Prem Kokus, hatte alle Gefahren einkalkuliert. Man mußte überaus vorsichtig zu Werke gehen. Wenn die Außerirdischen ihre Helikopter reparierten, konnten sie mit ihrer Hilfe das ganze Territorium kontrollieren. Die Bewohner von Goodwinien, die die Bohlen transportierten, tarnten sie deshalb geschickt. Sie bedeckten ihre Frachten mit Gras, so daß es aussah, als wenn Farmer Heu einfuhren. Natürlich waren die Arbeiter, die die unterirdische Wasserleitung verlegten, aufgeregt. Keiner konnte sagen, ob das Schlafwasser wirklich durch die Rohre fließen würde. Die einzige Hoffnung war der Mechaniker Lestar, der viele gute Ideen hatte. Sollte ihm jedoch keine technische Lösung einfallen, dann stand es schlimm um sie alle.

Die Sprengung des Sternschiffs, die Cunning als äußerste Maßnahme ins Auge gefaßt hatte, war unerwünscht. Die Folgen der Katastrophe waren schließlich nicht abzusehen.

Möglicherweise würde Hurrikaps Schloß einstürzen und unter seinen Trümmern die Menviten begraben. Doch auch die Arsaken würden sterben. Selbst wenn man ihnen die Zeit der Sprengung mitteilen würde, könnten sich nicht alle in Sicherheit bringen. Auch das Blaue Häuschen mit Mentacho und Elvina würde zerstört werden.

Alfred schreckte noch etwas anderes: Wenn durch die Erschütterung die Gewölbe der unterirdischen Höhle einstürzen und das altertümliche Schloß der unterirdischen Könige, das in allen Regenbogenfarben schillerte, zerstören würden? Ein einmaliges Naturwunder wäre dadurch verloren.

Dennoch verminte Ilsor

die „Diavona". An jenem Tag verließen alle Tiere und Vögel die Wälder um Hurrikaps Schloß. Angst vor der Zukunft führte die weißschwänzigen Rene und die schwarzschwänzigen Hasen auf einen gemeinsamen Wildpfad. Neben ihnen schlichen auf leisen Tatzen die Jaguare, die Tigern gleichen, und die Gebirgslöwen, die Pumas. Rotbraune Wölfe mit prächtigen Mähnen folgten Riesenbären mit schwarzem dichtem Fell und weißen Ringen um die Augen, die wie große Brillen aussahen. Schnellfüßig jagten Antilopen dahin. Die Waschbären hingegen ließen sich Zeit, sie blieben an jedem Bach stehen, um im Wasser Beeren oder Nüsse abzuspülen. Weder Zähnefletschen noch bösartiges Knurren war zu hören. Während der Umsiedlung wurden alle zu freundlichen Nachbarn. Auch die Vögel verließen in Vorahnung eines Unglücks ihre Wälder. Vögeln und Tieren folgten die Menschen. Nur Eulen und Uhus, die nächtlichen Räuber, ließen sich von der allgemeinen Aufregung nicht anstecken und blieben in ihren Nestern.

Die unerwartete Umsiedlung blieb den Fremdlingen

nicht lange verborgen. Als sie die verlassenen Wälder und Dörfer in der Umgebung des Schlosses bemerkten, wurden sie unruhig. Sie kamen sich plötzlich vor wie auf einem sinkenden Schiff, das alle Lebewesen verlassen hatten. Weshalb suchten alle ihre Rettung in der Flucht? Spürten sie etwa eine nahende Naturkatastrophe – den Ausbruch eines Vulkans oder ein Erdbeben? Man mußte achtgeben, um in diesem unbekannten Land zu überleben.

Die Arbeiten unter der Erde wurden indes mit unverminderter Tempo fortgesetzt. Endlich kam der Augenblick, da die Wasserleitung, durch die das Schlafwasser in den Brunnen fließen sollte, angeschlossen wurde. Die Feldmäuse, die einen sehr feinen Geruchssinn besitzen, bestanden darauf, in Käfigen in den Brunnen hinabgelassen zu werden. Jetzt blieb nur eins: Man mußte abwarten. Wenn das Schlafwasser in den Brunnen floß, würden die Mäuse einschlafen.

Die Flüchtlinge fanden Aufnahme im Gelben Land, den Besitzungen der gütigen Fee Willina. Ob die Auswan-

derer jemals in ihre Heimat zurückkehren könnten, oder für immer in der Fremde leben müßten, hing nun einzig und allein von den Mäusen ab.

DIE MÄUSE SIND EINGESCHLAFEN!

Es geschah in der Nacht. Keiner hatte bemerkt, wie sich Tim heimlich zum Brunnen gestohlen hatte. Er legte das Ohr an die Brunnenwand, konnte jedoch nichts hören. Endlich vernahm er ein schwaches Pfeifen.

Tim überlegte: Ob die Mäuse im Schlaf pfeifen? Schnell zog er am Strick einen Käfig hoch, dann einen zweiten. Der Knabe hatte sehr gute Augen. Er sah sogar im Dunkeln, daß die Tierchen in den Käfigen lagen, hilflos die Pfötchen ausgestreckt. So schnell ihn seine Füße trugen, rannte er in die unterirdische Höhle und rief:

„Sie schlafen, sie schlafen! Sie sind endlich eingeschlafen! Das Wasser fließt!"

Rushero befand sich gerade in der Nähe. Der Meister eilte zu Tim und nahm ihm behutsam die Käfige ab. Er kitzelte die Mäuse mit einem Grashalm an den Nasenspitzen, zog sie an den Schwänzchen und an den Pfötchen. Doch die grauen Tierchen erwachten nicht. Rushero hatte seinerzeit die unterirdischen Könige eingeschläfert, deshalb erkannte er sofort, daß die Mäuse in keinen gewöhnlichen, sondern in einen Zauberschlaf gesunken waren.

Diese Nachricht, von der vielleicht die Existenz des Zauberlandes abhing, ließ sich in vier Worte fassen:

„Die Mäuse sind eingeschlafen!"

Rushero wollte die Meldung auf dem gewohnten Weg

mit einer Vogelstafette in die Smaragdenstadt durchgeben, doch in den Wäldern war weit und breit kein Vogel mehr zu finden. Zum Glück erblickte er an einem Bach die Eule Guamoko. Die erkannte sofort die Bedeutung dieser Nachricht und meldete sie unverzüglich Kaggi-Karr. Als Guamoko in der Smaragdenstadt auftauchte, brachte der Scheuch alle Einwohner auf die Beine. Faramant, Din Gior, Ann, Tim, Kaggi-Karr, alle liefen durch die Straßen, klopften an die Haustüren – selbst Guamoko mit ihrem kräftigen alten Schnabel tat mit – und verbreiteten die Kunde:

„Die Mäuse sind eingeschlafen!“

Die Einwohner wußten bereits, was das bedeutete. In der Smaragdenstadt lebten kleine vertrauensselige Menschen, die von ganzem Herzen wünschten, daß die Fremdlinge heimwärts zögen. Deshalb hätten sie den Menviten um nichts in der Welt die Wahrheit über das Schlafwasser verraten. Doch die Zeit drängte. Noch war das Sternschiff vermint. Ilsor mußte die Bombe entfernen oder zumindest entschärfen. Vorerst aber mußte man dem Führer der Arsaken mitteilen, daß „die Mäuse eingeschlafen sind“.

Der Weg zu Ilsor war nicht weit, aber gefährlich. Deshalb schickte man nicht nur einen Läufer, dem unterwegs ja etwas zustoßen konnte, sondern sandte den Eisernen Ritter, den Drachen Oicho und sieben hölzerne Läufer aus.

Tilli-Willi stürmte die Gelbe Backsteinstraße entlang. In seiner Kabine saß Faramant und stöhnte vor Schmerz bei jedem Sprung. Er war schließlich nicht Lestar, der in den vielen Jahren seiner Freundschaft mit dem Riesen an solche Reisen gewöhnt war. Unter Willis eisernen Sohlen bildeten sich tiefe Schlaglöcher in der Straße. Doch was tat das schon? Schlaglöcher lassen sich reparieren. Hauptsache, man kam nicht zu spät.

Munter trällerte Tilli-Willi vor sich hin:

„Die Mäuse sind eingeschlafen. Ich schwöre es bei den Riffen. Die Mäuse sind eingeschlafen, die Mäuse sind eingeschlafen. Ich schwöre es bei der Ebbe ... Die Mäuse sind eingeschla-fen! ...“

Der Drache Oicho flog über Wälder und Felder. Auf seinem Rücken hatte der Dreimalweise Scheuch persönlich Platz genommen.

Ja, der Herrscher der Smaragdenstadt hatte Thron, Untertanen und Freunde verlassen. Er wollte das Zauberland, seine Felder und Wälder, vor allem aber seine Bewohner retten.

Der Scheuch sprang auf dem Rücken des Drachen im Takt des Schwingenschlags auf und nieder und sang vor sich hin:

„Heiho, heiho, die Mäuse sind eingeschlafen. Die Mäuse sind eingeschlafen, ein-ge-schla-fen!“

Bisweilen blickte er hinab, und wenn Tilli-Willi ein wenig zurückblieb, so richtete er sich siegesgewiß auf. Wenn der Ritter jedoch voraus war, zappelte der Scheuch ungeduldig und trieb Oicho an, schneller zu fliegen. Da ließ sich nichts machen. Der gütige Scheuch war halt sehr ehrgeizig.

Auf Wildpfaden folgten die hölzernen Läufer dem Ritter. Sie machten nicht so große Schritte wie Tilli-Willi, dafür bewegten sich ihre Beine flink wie Fahrradspeichen, und ihre hölzernen Körper erinnerten an Masten, die durch die Luft zu schwingen schienen.

Man hatte ihnen aufgetragen, die Worte der Meldung ständig zu wiederholen, um sie nicht zu vergessen. Deshalb plapperten sie ununterbrochen:

„Die Mäuse sind eingeschlafen, die Mäuse sind eingeschlafen, die Mäuse sind eingeschlafen! ...“

Der Wettlauf spornte die Läufer an, und einer suchte den anderen zu überholen. Wenn es einem von ihnen gelang, davonzuziehen, hänselte er die anderen:

„Schnecken! Schildkrötenkinder! Schwanzlose Krebse!“

Das Spiel erreichte immer dann einen Höhepunkt, wenn Tilli-Willi, der nicht hinter dem Scheuch zurückbleiben wollte, stehenblieb, um den Himmel nach Oicho abzusuchen, und es in diesem Moment einem der Kuriere gelang, wenn auch nicht für lange Zeit, in Führung zu gehen. Dann erhoben die hölzernen Läufer ein unvorstellbares Geschrei.

Es war sehr günstig, daß sich gleichzeitig mehrere Ab-

gesandte, Tilli-Willi, der Drache und die Läufer, auf den Weg gemacht hatten. Das war eine Idee des weisen Scheuchs gewesen.

Es schien, als kämen die Worte aus dem Himmel, sie tönten über die Erde und wurden vom Echo zurückgeworfen: „Die Mäuse sind eingeschlafen, die Mäuse sind eingeschlafen, die Mäuse sind eingeschlafen!“

Die Kuriere brauchten keine ernsthaften Hindernisse zu überwinden. Tilli-Willi durchwatete nur den Großen Fluß, weil er die Brücke nicht beschädigen wollte. An der tiefsten Stelle reichte ihm das Wasser bis an die Schultern. Faramant schauderte, als er hörte, wie die Wellen plätschernd gegen die eiserne Brust des Riesen schlugen. Der Drache hatte es gut. Er beachtete das glitzernde blaue Band in der Tiefe überhaupt nicht.

Die hölzernen Läufer mußten beim Passieren der Brücke ein wenig ihr Tempo mindern. Dafür zogen sie, als sie das andere Ufer erreicht hatten, mit neuer Kraft davon.

Im Zauberland war es längst Nacht geworden. Die Gelbe Backsteinstraße war zu Ende. Keine Laternen und Bogenlampen beleuchteten mehr den Weg durch die Dunkelheit. Unwillkürlich verlangsamten Tilli-Willi und die hölzernen Läufer ihren Lauf. Selbst Oicho schlug vorsichtiger mit den Schwingen. Schließlich konnte man sich in der Nacht leicht verirren und in eine falsche Richtung fliegen. Die Lieder verstummten, und auch die sieben Läufer schwiegen. Doch zielstrebig setzten sie ihren Weg fort, wie von unsichtbaren Magneten angezogen.

So langten alle gleichzeitig an Hurrikaps Schloß an.

DIE FREIHEIT

Am nächsten Tag war klar: Die Arsaken waren gerettet, ebenso Mentacho und Elvina. Hurrikaps altes Schloß stand, und das Raumschiff „Diavona", dieses Wunderwerk der Technik, war unbeschädigt. Wenn alles ein glückliches Ende finden würde, so könnten Ilsor und seine Freunde wohlbehalten mit ihm nach Rameria zurückkehren.

An jenem Tag wurde das Zauberwasser aus dem Brunnen von Ranavir den Menviten an alle Gerichte gegeben. Da keiner wußte, welche Dosis auf ihren kräftigen Organismus wirken würde, gossen die Arsaken, ohne zu geizen, reichlich Wasser an die Suppe, die Soßen und den Most.

Das Mittagessen verlief wie gewöhnlich. Den Arsaken war keinerlei Erregung anzumerken, ruhig trugen sie die Gerichte auf, vielleicht blickten nur ihre Augen etwas aufmerksamer als gewöhnlich. Die arsakischen Köche kochten schmackhaft. Die Menviten konnten über Appetitlosigkeit nicht klagen, so daß sie auch heute den Speisen reichlich zusprachen. Das Ergebnis ließ nicht lange auf sich warten. Noch war das Mittagsmahl nicht beendet, da fielen die Menviten, die Flieger mit Mon-So an der Spitze, die Wachsoldaten des Sternschiffs, die Ilsor durch Arsaken ersetzt hatte, der Arzt Lon-Gor und Baan-Nu höchstpersönlich in einen tiefen Schlaf. Ihre Köpfe sanken haltlos auf den Tisch. Die Gesichter strahlten sorglose Ruhe aus, die Hände hingen kraftlos herab, die Augen, die so hoffärtig in die Welt geblickt hatten, waren geschlossen.

Nur der Pilot Kau-Ruck wurde nicht eingeschläfert. In der letzten Zeit war offensichtlich geworden, daß Baan-Nu ihn nur noch duldete. Auch Kau-Ruck verhielt sich dem General und den anderen Menviten gegenüber äußerst zurückhaltend.

Ilsor hatte von Baan-Nu erfahren, daß Kau-Ruck, sobald sie auf Rameria landen würden, dem Obersten Gebieter Guan-Lo persönlich ausgeliefert werden würde. Der Pilot hatte eine strenge Strafe zu erwarten, weil er eigenmächtig den Kampf mit den Adlern aufgegeben hatte. Vielleicht würde er sogar in der Wüste von Rameria an einen Stein gefesselt und allein zurückgelassen werden. Nach menvitischem Gesetz war es dann seine Sache, wie er überleben würde.

Ilsor fragte den Piloten:

„Mein Oberst, sind Sie bereit, den Arsaken zu helfen?“

„Jawohl“, entgegnete Kau-Ruck, ohne zu zögern. „Ich habe Sie lange beobachtet und habe immer größere Hochachtung vor Ihnen bekommen, Ilsor. Ich habe hier öfter darüber nachgedacht, daß Sie wohl nicht auf ewige Zeiten Diener bleiben werden. Offenbar diente Ihnen diese Position nur zur Tarnung ... Jetzt werden sich wohl die Zeiten ändern?“

Ilsor nickte. „Ich biete Ihnen ein Bündnis mit uns Arsaken an. Unser Auftrag ist folgender: Sie müssen gemeinsam mit mir das Raumschiff nach Rameria zurückbringen. Dort dürfen Sie jedoch über alles, was Sie hier erlebt haben und noch erleben werden, erst dann sprechen, wenn wir es Ihnen gestatten.“

„Ich will mit Freuden all Ihre Aufträge ausführen“, erwiderte der Pilot. „Aber ich kann nicht versprechen, mich Ihnen anzuschließen, denn ich bin gewohnt, für mich allein zu sein.“

So hatte man sich denn geeinigt. Dann ertönten im Lager von Ranavir zuerst unsichere, gar verwunderte Ausrufe:

„Freiheit? Freiheit?“

Allmählich klangen die Stimmen immer entschiedener:

„Freiheit! Freiheit!“

Die Arsaken fielen einander froh in die Arme und beglückwünschten sich gegenseitig. Einige weinten vor Freude, andere taten es dem Dreimalweisen Scheuch gleich, der in Augenblicken höchsten Jubels stets begeistert zu tanzen pflegte.

Ilsor, dem mutigen Anführer der Arsaken, der jahrelang in menvitischen Diensten sein Leben riskiert hatte, wurde eine ganz besondere Ehre zuteil. Die Arsaken brachten einen Mantel, der unter anderen Kleidungsstükken in der „Diavona“ gelegen hatte, die Menviten hatten ihm keine sonderliche Bedeutung beigemessen. Dabei hatte es mit ihm folgende Bewandtnis: Nach altem Brauch legten die Arsaken zu besonders festlichen Anlässen, wenn jemand mit dem höchsten Titel ihres Landes – „Volksfreund“ – ausgezeichnet wurde, dem so Geehrten diesen Mantel an. Heute wurde diese Ehrung Ilsor zuteil.

Da stand er nun vor seinen Landsleuten in dem prächtigen, mit goldenen Sternen durchwirkten blauen Mantel, strahlend vor Glück und vor Stolz, und seine großen schwarzen Augen leuchteten heute noch herrlicher als gewöhnlich.

Die Arsaken lasen Ilsor buchstäblich jedes Wort vom Munde ab und befolgten seine Anordnungen präzise und ohne Widerspruch.

Seine erste Anordnung galt den Menviten. Keiner wußte, wie lange das Schlafwasser auf sie wirken würde. Unter Umständen konnten sie sehr bald erwachen. Die Erdbewohner schliefen zwar mehrere Monate hindurch und erwachten unschuldig wie kleine Kinder, die sich an nichts mehr erinnerten. Die Menviten hingegen konnten schon nach ein paar Stunden erwachen und sich, als sei nichts geschehen, an ihr gewohntes Tagewerk begeben.

Aus diesem Grunde befahl Ilsor, die schlafenden Auserwählten umgehend ins Sternschiff in jene Schlafkojen zu schleppen, in denen die Außerirdischen zur Erde geflogen waren. So geschah es. Gegen Morgen befanden sich alle Menviten, die in den Zauberschlaf gesunken waren, wieder in den Unterdruckkammern, wo der Schlaf viele Jahre währt.

„So ist es sicherer!“ meinte Ilsor.

Jetzt war die Zeit gekommen, um in die Hauptstadt von Rameria, Bassani, eine Meldung durchzugeben. Sie wurde mit dem Piloten Kau-Ruck abgesprochen und lautete folgendermaßen:

„An den Obersten Gebieter von Rameria, den Würdigsten unter den Würdigen, Guan-Lo. Melde im Auftrag des Kommandanten: Auf der Erde gibt es kein Leben. Es ist unmöglich, hier zu existieren, ohne die Raumanzüge abzulegen. Die Besatzung ist von einem seltsamen Schlaf umfangen. Wir kehren zurück.

Stellvertretender Kommandant
Sternpilot Kau-Ruck.“

AUF ZUM FERNEN STERN

Nachdem das Schlafwasser seine Aufgabe erfüllt hatte, wurden die Hähne zugedreht und an der Zauberquelle wie gewöhnlich Wachen aufgestellt.

Nachdenklich sagte Ilsor:

„Ja, eure Quelle ist ein Rätsel. Sicher enthält sie bislang noch unbekannte Stoffe. Sie sind es wohl auch, die alle Lebewesen einschläfern.“

„Von dem Wasser müßten Sie mehr auf Ihrem Planeten haben, nicht wahr?“ meinte Tim. Seine Augen funkelten abenteuerlustig. „Da könnten Sie Ihre ganzen menvitischen Herrschaften einschläfern.“

„Nehmen Sie doch einen reichlichen Vorrat von diesem Wasser mit“, fügte Ann hinzu.

„Soviel, wie wir brauchen, können wir sowieso nicht

transportieren", seufzte Ilsor und lächelte über den Eifer der Kinder. „Es würde sich auch nicht so lange frisch halten. Ihr wißt doch selbst, daß das Wasser sehr schnell seine Zauberwirkung verliert."

Alles war bereit, damit die „Diavona" den Rückflug zur fernen Rameria anträte. Die Stunde des Abschieds war gekommen.

„Ilsor, haben Sie auch nicht vergessen, daß Sie alle der Scheuch erwartet?" erinnerte Alfred Cunning.

Ilsor und seine Freunde hatten selbst den großen Wunsch, die Smaragdenstadt zu besuchen, den Eisernen Holzfäller und den Tapferen Löwen kennenzulernen und mit eigenen Augen den berühmten Bart von Din

Gior und die nicht weniger berühmte grüne Brille des Torhüters zu betrachten. Es heißt ja nicht umsonst im Sprichwort: Besser einmal gesehen, als hundertmal gehört.

Die Arsaken wählten die Helikopter aus, die am wenigsten im Kampf gegen die Adler gelitten hatten, und reparierten sie flugs. In einem von ihnen nahm Ilsor Platz. Er wollte nach dem Steuerknüppel greifen, als ihm der Pilot Kau-Ruck zuvorkam. Er war hinter Ilsor zusammen mit einer Gruppe Arsaken eingestiegen.

„Gestatten Sie", bat er, „ich kenne den Weg in die Smaragdenstadt."

„Warten Sie! Fliegen Sie noch nicht los!" erklang miteins ein helles Stimmchen von der Erde unmittelbar an der Gangway.

Der Anführer der Arsaken und der Pilot bückten sich suchend. Kau-Ruck vergaß sogar vor Überraschung, sich wieder aufzurichten: Noch niemals hatte er so winzigkleine Menschlein gesehen. Auf dem Erdboden wimmelte es von Zwergen in grauen Umhängen und bunten Mützen. In den Händen hielten sie Angelruten aus Schilfrohr. An ihrer Spitze stand Kastaglio.

„Haben Sie irgendeine Bitte an uns, Freund Kastaglio?" fragte Ilsor den Ältesten unter den Zwergen.

Der Zwerg war sogar ein wenig gekränkt: „Was soll das heißen? Was für eine seltsame Frage! Wir wollen zurück in unsere Höhle. Der Ritter Tilli-Willi hatte uns hergebracht. Er hat schließlich lange Beine!"

„Ach das ist's!" Ilsor lachte. „Ihr wollte nach Hause! Dann steigt nur ein in den Helikopter. Nehmt Platz, Freunde." Er wandte sich an die Arsaken: „Seid ihnen doch behilflich!"

Einer der Arsaken eilte die Gangway hinab und sammelte behutsam die Menschlein mit ihren grauen Umhängen in einen Korb. Ein anderer Arsake verteilte sie auf die Plätze. Die Zwerge füllten den gesamten Helikopter. Sie saßen auf den Sitzen, unter den Sitzen, auf dem Fußboden, auf ihren ausgebreiteten Umhängen, und einige von ihnen fanden sogar auf Tims und Anns Schoß Platz. Obwohl sie durch Erfahrungen und ein langes Leben weise geworden waren, wirkten sie noch immer mopsfidel, sie quietschten und lachten vor Vergnügen und schubsten einander übermütig.

Doch was für ein Geschrei und Lachen erhob sich erst, als der Helikopter sich von der Erde löste und in die Lüfte aufstieg!

Die Zwerge erblickten das ewige Blau des Himmelzelts, an dem schneeweiße Wolken dahinsegelten. Unter ihnen dehnten sich endlos die grünenden Felder und Wälder. Sicher wäre es hier oben unheimlich still gewesen, wenn der Helikopter nicht gesurrt hätte und die kleinen Menschlein selbst nicht so laut gewesen wären. Die Zwerge fühlten: Wahrscheinlich würden sie sich ihr Leben lang an diesen Flug erinnern. Er bereitete ihnen ein riesiges Vergnügen. Kastaglio, der zu Kau-Ruck auf die Schulter geklettert war, wies den Weg zu den ehemaligen Besitzungen von Arachna, dorthin, wo seit Jahrtausenden ihre Großväter, Urgroßväter und Ururgroßväter gelebt hatten. Es wurde eine sehr lustige Reise, traurig war nur, daß sie zu Ende ging. Doch alles nimmt schließlich einmal ein Ende! Die Zwerge verabschiedeten sich von ihren Freunden und der Helikopter nahm Kurs auf die Smaragdenstadt.

Man hielt sich auch diesmal an den von Goodwin eingeführten Brauch: Der Torhüter verteilte grüne Brillen an die Gäste. Dann geleitete er alle in den Festsaal des Smaragdenschlosses. Die Tafeln waren gedeckt, es wirkte wie eine Parade der leckersten Speisen! Doch den Gästen war eine andere Parade wichtiger, die Parade der Wunder.

Mit lebhafter Neugier betrachteten die Arsaken den Strohscheuch und den Eisernen Holzfäller. Der riesige Kopf von Tilli-Willi mit den Schlitzaugen und den schrecklichen Hauern, der im offenen Fenster auftauchte, verblüffte sie. Die Ehrenwache an den Saalwänden, die aus Ästen und Zweigen geschnitzt waren, setzte sie in Erstaunen. Doch die Wachsoldaten gingen auf und ab und unterhielten sich wie ganz gewöhnliche Menschen.

Wie können diese ungewöhnlichen Geschöpfe aus Stroh, Holz und Eisen sich nur bewegen, denken und miteinander sprechen, überlegten die Gäste. Die Erdbewohner haben fürwahr Geheimnisse entdeckt, die uns, den

Einwohnern von Rameria, noch verschlossen sind. Die Erde ist ein Planet der Wunder ...

Die Arsaken wußten einfach nicht, weil man darauf nicht zu sprechen kam, daß sie sich in einem Zauberland befanden und daß alle Erdbewohner, die jenseits der Berge leben, Hurrikaps Land genauso erstaunlich gefunden hätten wie sie. Mit unverhülltem Interesse hörten die Gäste dem Tapferen Löwen und der nicht weniger mutigen Krähe Kaggi-Karr zu, die zusammen mit allen an der Festtafel Platz genommen hatten und sich an der allgemeinen Unterhaltung beteiligten.

Der Löwe sprach: „Lieber Ilsor, es wäre lobenswert, wenn auch bei euch auf Rameria die Menschen und die Tiere so gute Freunde würden wie in unserem Land.“

„Und auch die Vögel“, fügte Kaggi-Karr hinzu. „Ich bin natürlich schon in der Großen Welt gewesen. Aber in solche Höhen wie Ihr kann ich mich nicht aufschwingen.“

EIN TAG DER ÜBERRASCHUNGEN

Der Scheuch klatschte in die Hände, das Paradetor öffnete sich, und Din Gior trat ein. Sein goldener Bart glänzte seidig, denn er hatte ihn unermüdlich gebürstet. Der Feldmarschall hielt ein silbernes Tablett in den Händen, auf dem funkelnagelneue brillantene Orden schimmerten. Die Zwinkerer hatten sie gerade angefertigt.

Feierlich verkündete der Scheuch:

„Ich betrachte es als meine Pflicht, darauf hinzuweisen, daß Alfred Cunning und Ilsor eine überaus wertvolle

I-ni-tia-tive entfaltet haben. So wollen wir sie denn mit dem Orden ‚Für Initiative' ehren."

Die Anwesenden tauschten verständnisvolle Blicke und taten rückhaltlos ihre Begeisterung kund. Seit langem hatte der Scheuch nicht mehr so verzwickte Worte und Sätze gesprochen. Er überreichte den Ausgezeichneten die Orden. Dann trat Urfin Juice, der berühmte Gärtner, wie der Scheuch ihn vorstellte, mit der Eule Guamoko auf der Schulter und mit einem riesigen silbernen Tablett in den Händen vor die Gäste. Die Arsaken hatten Urfin häufig gesehen, wenn er in die Schloßküche von Ranavir kam. Sie hatten auch von dem Raub der Smaragden gehört. Die Steine, die Urfin Juice damals Baan-Nu abgenommen hatte, funkelten jetzt in voller Schönheit auf dem Tablett. Die Eule nahm Smaragd für Smaragd und reichte sie dem Gärtner. Der schenkte voller Stolz die schillernden Edelsteine den Arsaken. Dabei ermahnte er sie:

„Seid wachsam! Laßt euch von den Menviten nie wieder einschüchtern!"

All diese feierlichen Ehrungen machten die Arsaken ganz verlegen. Zugleich erfaßte sie eine ungehemmte Fröhlichkeit. Sie führten eine mächtige Waffe mit sich nach Rameria, sie würden ihre Stammesgenossen aus der Sklaverei befreien und eines Tages ein ebenso strahlendes Fest wie heute hier auf der Erde in ihrer Heimat feiern!

Selbstverständlich werden sie auf ihrem Weg noch viele Hindernisse überwinden müssen. Wie sollten sie vor allem ihre Rückkehr nach Rameria begründen?

Am besten wäre es, wenn die Menviten nach dem Erwachen weiter unter dem Einfluß des Zauberwassers blieben. Dann konnte man ihnen während des Rückfluges die unwahrscheinlichsten Geschichten erzählen, und sie würden alles glauben.

Wenn das mißlingen sollte, blieb den Arsaken nichts anderes übrig, als die „Diavona“ in der Wüste von Rameria zu landen und bei ihren Stammesbrüdern unterzutauchen, bevor sie die menvitische Polizei aufspüren würde.

Die Zeit des Startes war gekommen. Der Scheuch und der Eiserne Holzfäller, der Tapfere Löwe und Tilli-Willi, der Feldmarschall Din Gior und der Torhüter Faramant, die Krähe Kaggi-Karr und die Königin der Feldmäuse Ramina gaben Ilsor und den anderen Arsaken das Geleit. Auch Urfin Juice mit der treuen Guamoko, Mentacho und Elvina und sogar die Ärzte Doktor Boril und Doktor Robil waren erschienen; und natürlich blieben der Adler Karfax und der Drache Oicho nicht aus. Neben dieser ungewöhnlichen Gesellschaft, wie man sie wohl kaum irgendwo im All noch einmal antreffen würde, standen die Menschen von jenseits der Berge: Ann Smith, Tim O'Kelli und Fred Cunning.

Der Abschied von den Arsaken war traurig wie jeder Abschied. Seltsam und fehl am Platze wirkten hier Versprechungen, einander zu schreiben.

Vielleicht würde irgendwann einmal der Sender, den Ilsor zurückließ, Grüße von der fernen Rameria empfangen. Vielleicht ... Vorerst aber mußte man warten.

Die Freunde nahmen Abschied voneinander, als sei es fürs Leben.

Von einem sicheren Ort aus beobachteten die Zurückbleibenden, wie die „Diavona“ in einer Flammengarbe erzitterte, sich wie ein gigantisches Ungetüm von der Erde abhob und langsam, dann immer rascher aufstieg und miteins in den Lüften entschwand. Nur gelbe Rauchschwaden blieben zurück.

Ann, Tim und Alfred kehrten wohlbehalten nach Hause zurück. Wie immer trug sie der Drache Oicho auf seinem Rücken heim.

Die Zeit eilt dahin – Sekunden, Minuten, Stunden …

Häufig träumen die Gäste aus der Großen Welt vom Zauberland und seinen ungewöhnlichen Bewohnern. Häufig schweifen ihre Blicke zu den Weltumspannenden Bergen.

An klaren Winterabenden und in den Sommernächten aber treten sie immer wieder, ohne sich vorher miteinander zu verabreden, aus ihren Häusern und blicken zum dunklen Himmel auf, wo unweit vom Orion in kaltem blauem Licht der Planet Rameria leuchtet. Dann denken sie an die Menschen mit den Himmelsgesichtern, die ihnen so nahe und vertraut geworden sind …

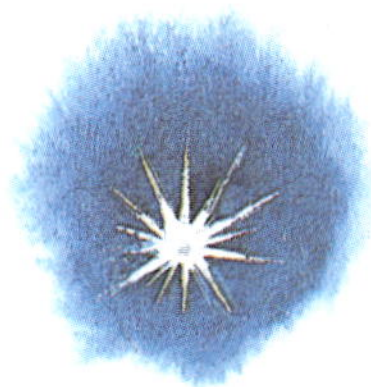

INHALT

Einführung

DIE AUSSERIRDISCHEN

Erster Teil

DIE ERSTEN TAGE AUF DER ERDE

Zweiter Teil

ANN, TIM UND DIE AUSSERIRDISCHEN

Dritter Teil

DAS SCHLAFWASSER

ZAU